黄于纲

2006 年毕业于中央美术学院，2003 年至今行走于湘西凤凰凉灯苗寨进行创作，引发社会广泛关注，并成为 80 后艺术家中的翘楚。其绘画和文字作品，从社会学和艺术学切入，以"现实主义"态度述说当下中国的社会及文化变迁。

腾泉山

乌巢河

凉灯二组

凉灯一组

老家寨

麻栗坡

桥

山江镇

千潭水库

彩雾

苗王博物馆

修好的公路

千工坪

凤凰县

凉灯：凤凰以西 20000 米

● 北京

北上广之外，名城凤凰之侧的另一个村庄

● 上海

凉灯
● 凤凰

● 长沙

● 广州

凉灯

中国 这边的 山

黄于纲 著

江西教育出版社
JIANGXI EDUCATION PUBLISHING HOUSE

图书在版编目（CIP）数据

　　凉灯：山这边的中国 / 黄于纲著 . -- 南昌：江西
教育出版社，2019.3

　　ISBN 978-7-5705-0767-2

　　Ⅰ . ①凉… Ⅱ . ①黄… Ⅲ . ①散文集－中国－当代
Ⅳ . ① I267

　　中国版本图书馆 CIP 数据核字（2018）第 272220 号

凉　灯：山这边的中国
LIANGDENG　SHANZHEBIAN DE ZHONGGUO

黄于纲　著

江西教育出版社出版

（南昌市抚河北路 291 号　　　邮编：330008）
各地新华书店经销
大厂回族自治县德诚印务有限公司印刷
710mm×1000mm　32 开本　9 印张　字数 200 千字
2019 年 3 月第 1 版　　2019 年 3 月第 1 次印刷
ISBN 978-7-5705-0767-2
定价：48.00 元

赣教版图书如有印制质量问题，请向我社调换　电话：0791-86710427
投稿邮箱：JXJYCBS@163.com　　　电话：0791-86705643
网址：http://www.jxeph.com

赣版权登字 -02-2018-688

目录

阳光和云彩讲述故事的地方

青年艺术家黄于纲笔下不一样的凉灯

这些视觉文献，让我们看到了山那边的中国

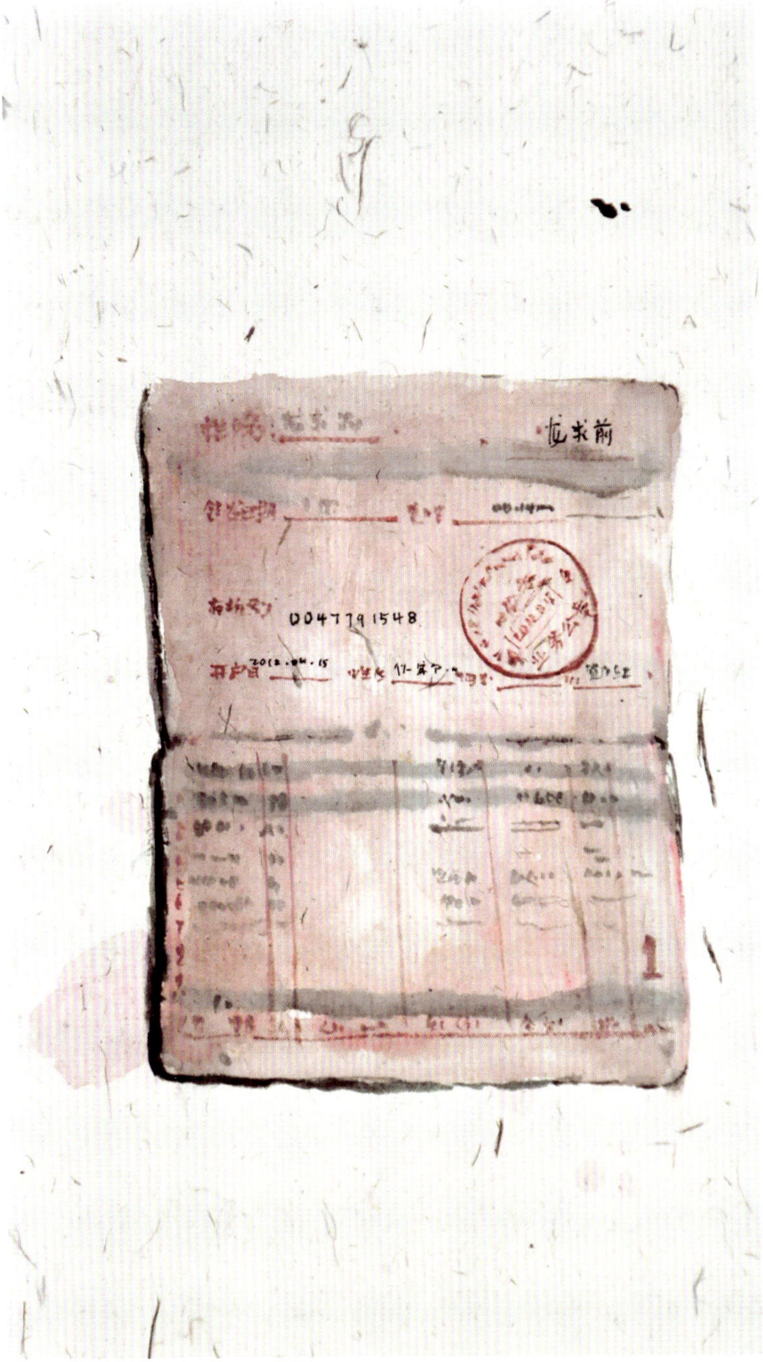
0047791548

湘西龙老师传递梦专刊

作业本

学校　山江宝小

科目　作业本

四　年级　四　班　　组

姓名　龙良淘　学号　

　　年　　期

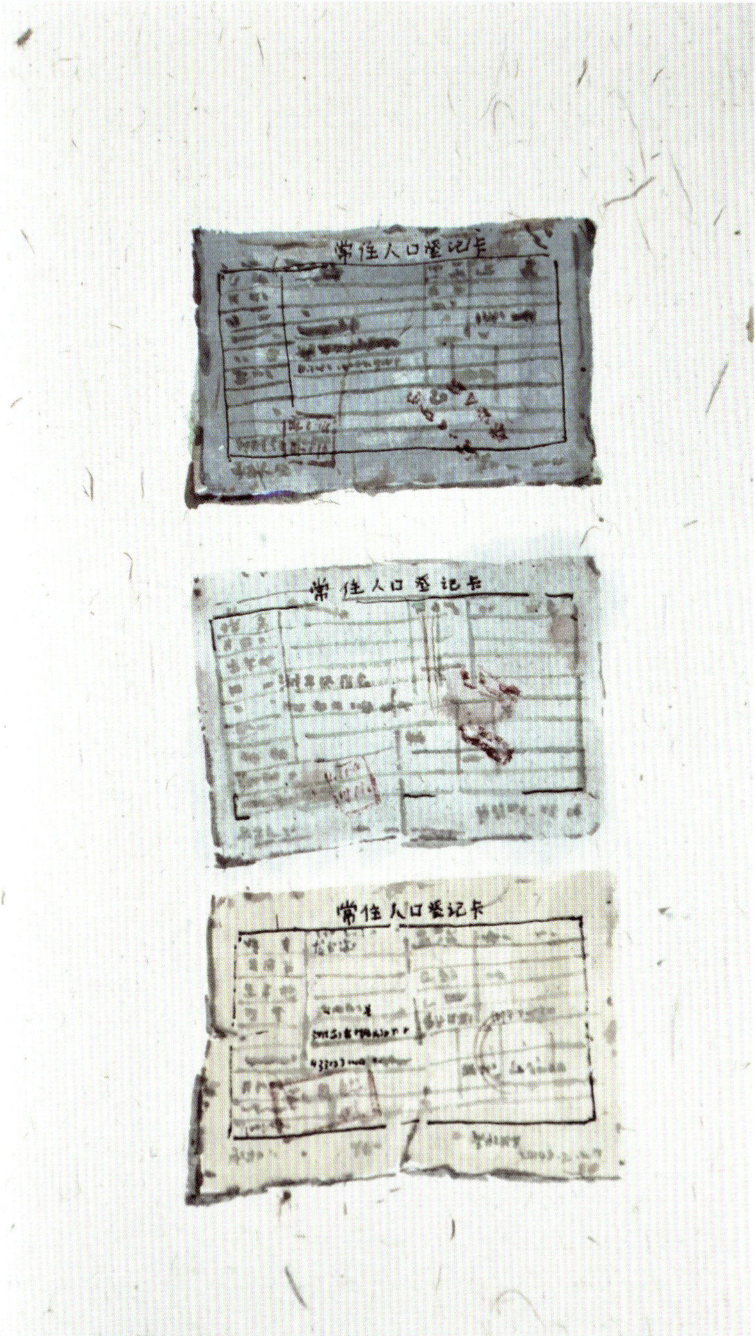
常住人口登记卡
常住人口登记卡
常住人口登记卡

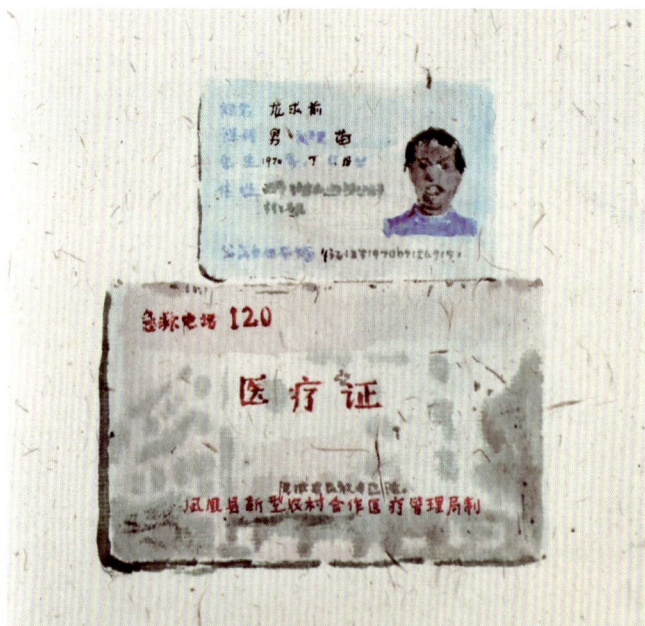

序

凤凰以西两万米

——黄于纲和他的凉灯艺术

野夫

一

2016 年岁暮，我辗转赶到湘西，重游凤凰的笙歌繁华。次日，乘车走极逼窄陡峭山道，来到凉灯。凉灯是一个古老苗寨，一色的土墙，低矮瓦屋，竟然没有一家是新修的水泥砖房。我亦土苗山区人，却从未见过还这么穷困原始的部落。而这里，距离那个旅游国际化的名城，不过二十公里。

这里向无游客，保持着原有的安静和古朴。男人多著破旧汉服，女人依旧苗装，黑色长巾盘头，蓝衣服缀银饰，全村皆说苗语。我们大群人的涌入，是来参加一个独特的艺术展。黄于纲创作的凉灯，就被悬挂张贴在凉灯的每一面土墙上。他在这里生活创作了十年，村民们熟悉他笔下的每一个面孔和风景，家家户户都配合着他的个展。

几个汉子在杀猪，惨叫撕破了一点宁静。一些苗女在洗菜。这都是在为我们预备膳食。一行几十人在村里泥路上晃荡，我为这个奇异苗寨的存在，以及为黄于纲的油画、水墨、雕塑和摄影等作品的刺目陈列，而深深地震撼着。这个飞扬跋扈的时代，还有这样一个年轻艺术家，还有这样一个被遗忘的村庄，这一切无不让人暗自生疼。

策展人杨卫在一家火塘边主持研讨，大家围火煮茶，坐而论道。腊肉、梭筒钩、鼎罐、柴灶与大铁锅，都把我带入童年的记忆。一个明显痴呆的苗妇在烧火，除开火焰漫卷着红黄，整个世界仿佛都是漆黑的。就像黄于纲的作品一样，黑，是他最突兀也最写实的基调。

整个寨子没有任何一点公共空间，山胞们卸下自家门板，在路边摆出几丈长桌宴席。大盆的豆腐烧肥肉一字排开，白米饭分放门板两边，所有人站在寒风中猛吃。客人吃罢，全村人接着吃。寒山中的盛会，节日一般热烈。回程时我在想，也许今生再难抵达这里。我无法想象，黄于纲是怎样在此旅居十年……

二

第一次接触黄于纲的名字，是在几年前的北京宋庄。于建嵘拉着我去看一个综合艺术展，就叫"凤凰西去20000米"。展出的内容包含油画、雕塑、摄影、录像和装置。所有的主题都是一个：凉灯，以及那些苗人。

最让我震撼的是那个叫作"嫖屋"的装置，他们把山江镇上那个小木屋原样移植到了展厅，将实物悬挂于展墙上——破烂的木床，肮脏的被窝，鲜红的开水瓶，甚至满地用过的卫生纸和嫖客抽过的烟蒂，都赫然陈列在那里。旁边播放的纪录片，讲述着这个嫖屋的故事。单身山民赶街，为解决性压抑，进屋，宾主尽欢，十元一次。屋主在木壁上钻出的小孔，供更穷的汉子偷窥，一元一次。

这不是虚构，这就是北上广之外，名城凤凰之侧的另一个村庄。这些苗胞似乎依旧生活在沈从文先生笔下，带着毛皮帽的男人，有着大奶子的婆姨，矮小黝黑，仍然在刀耕火种中男欢女爱，生老病死。

我相信，类似的穷乡僻壤，以及依旧还在如此艰难求生的山胞，在中国并不鲜见。但是，是怎样一个年轻艺术家，还会匍匐在这种土地上，融入其中，一去数年，去平视和刻画他们的日常生存——这成了我对这次展出的好奇所在。我们在都市的酒廊歌肆，见多了无数高谈阔论的艺术家；已经很少还有人愿意植根荒原，在凛冽风霜之下开枝散叶。

在这之后，我结识了这个名叫黄于纲的年轻兄弟，并再次参加了他在凉灯的这个奇特的画展。我是美术圈的局外人，我只能根据个人的古旧审美，来衡量我眼中作品的好恶。我更关心的是人，出于对文学的兴趣，我更想弄清楚他的身世、成长与因缘。就像我读罢《渴望生活》，去了凡·高的故乡以及法国南部乡村，我才真正读懂了凡·高的作品一样。

三

黄于纲 1980 年出生在湖北石首长江边上的小村天星堡，父母务农。一岁多时父亲病逝，其上还有两个姐姐。他母亲原是湖南桃江人，有九个姐弟，随长辈逃难到湖北。传说中他的父亲是乡村世界的快活人，白血病去世后，奶奶很霸道，不允许他的母亲改嫁。但是一个桃江的游乡木匠，吸引了这位年轻寡母。外婆当然支持女儿改嫁，奶奶这一方则只许她带走长女。于是两三岁的黄于纲，只能被生母遗留在石首乡下，母亲则嫁回了桃江。

也就是说，打他记事开始，便没有见过父母。而奶奶和叔叔给他的教育就是——你妈妈不要你了。他只能和二姐一起，陪奶奶住在一个小土房里。奶奶发誓要养大这个长孙，以便为自己养老送终。她的脚在冬夜总是冰凉的，孙子总是抱着她的脚睡觉。在最贫困绝望的某个夜晚，奶奶曾把最好的衣服穿在身上，准备去离村不远的一条小河自尽。早慧的黄于纲有意识地把她的脚抱紧，她抽了两个多小时旱烟犹豫，终于为了脚下的这个孙子，放弃了去死。

他以孤儿身份在乡村小学上学，免学费，衣服则是全村募捐而来的。有一次穿着捐赠的花衣服上厕所，还被人当成了女孩；总喜欢到河滩上玩，因此被老师处罚站在操场，脖子上画一个猪吊着。初一只读了上学期，学校不再答应以孤儿的免费方式来读书；借旧书读，学校也不答应，只好辍学去砖瓦厂插砖营生。

两个舅舅还在这个村子生活，外公外婆和其他亲人都回了桃江。二舅过年回去，总会见到黄于纲的妈妈。她每年都会捎二十块钱，以便儿子想去看她时作路费。那个辍学的春天，他决定上路寻母。把奶奶的屋扫干净，开水烧好，茶倒好。堂屋正中摆着亡父遗照，他悄悄磕头，给整个老宅子也磕了几个头。从小学三年级就开始写的日记，在腰间缠满。拿着妈妈捎来的二十元钱，上了从燎原镇到石首的车。还写了一封辞信给读初中的堂妹，说他要去找妈妈，要去寻找读书的路。

第一次坐汽车，第一次过长江，如果没有这一次十三岁的过江，也许他至今还是一个砖瓦匠。到了石首市，沿着舅舅口述的路线，再上去南县的车，再转益阳，再转桃江。那时在他的生命里，母亲只是一个名称，一直觉得距离遥远；没想到一天饥饿奔波之后，便可能抵达。

桃江县城住着外婆，舅舅告诉了地址——玻璃厂。她坐三轮车找到外婆的小屋时，外婆一把抱住，摸着他的脸涕泗横流。她不断念叨这个孩子造孽，要想办法送他读书；赶紧把他小姨父喊来，说你明天必须把海狗（他的小名）带到他妈妈那里，要她安排他读书。

四

他母亲嫁去的大水井村，从县城去还要三小时。坐汽车又转三轮车，山高路长，满目也是穷困。先到陌生的大姐家，大姐再带着他们走路去母亲那儿。山环水绕，很远就看见母亲正在山腰上砍白菜，听见高喊"海狗过来了"，母亲从山上一路狂奔迎来，摔了几跤，手上还拿着几棵结满黄花的菜。

母子相见，紧抱着号啕大哭，无限的委屈哀伤，喷薄而出，大姐也在那痛哭。他有记忆以来第一次喊妈妈，终于有个女人，可以唤作妈妈了。同母异父的妹妹还很小，也摇摇摆摆赶来，还搬了一把凳子让他坐，很懂事的开口就喊哥哥。骨肉离散后的荒年重逢，便是平生最大的节日。

那天晚上，继父挑着他的木匠行头也回来了。低矮土屋里的炊烟，燃起了贫寒之家离乱岁月后的温馨。妈妈和大姐哭了好久，说每年给路费要你回来，为什么现在才回。儿子还在哭诉怨尤妈妈的抛弃，同样委屈的妈妈不断解释，是奶奶不许带你回来，儿子才开始慢慢理解人世间的无奈和勉强。

木匠继父是个老实人，地主的儿子，上过高中，却只能走四方卖手艺养家。妈妈要供养儿子读书，继父没儿子，要他改姓。儿子从未见过生父，仍然坚决反对改姓，宁可不读书再回湖北。继父建议说要不在这里先姓熊，回到湖北姓黄？儿子说这个也不行。继父只好妥协，第二天上午，就把他送到罗家坪乡中学住读。

那是他第一次爬山，一周回来一次，要翻一个高山，才能回到家里。母亲加倍爱他，他加倍撒娇，要把曾经失去的母爱，完整地索回。他比妹妹大三岁，继父一直对他视同己出。但他喊爸爸的时候，依旧有点尴尬。

他不辞而别，奶奶带着叔叔和村里的人，跑到他舅舅家去要人。二舅说他那么小，你们就让他去窑厂打工，他应该跟他妈妈读书。后来奶奶叔叔也觉得理亏，只好作罢。奶奶身体越来越差，他开始挂念，经常去信，堂妹给奶奶读，帮她写回信。他每次读都要号啕大哭，他承诺要给她养老送终，一直梦见她。但是若干年之后，他赶回去跪哭的只是奶奶的一座孤坟。

暑假过年他都要回去看奶奶，穿着妈妈买的白色运动鞋回去。他开始理解妈妈，也更理解奶奶在那个时代的选择。贫贱之家百事哀，很难说谁对谁错。小小少年，年复一年穿梭于那条大江上，沐风栉雨，早早就领略着人世的艰辛。

五

从湖北到湖南，从平原到深山，语言和口味都大异，一时很难融入他乡的生活。孩子们都会欺生，他从小没有安全感。那时金庸、古龙的小说开始在乡下传诵，他每天根据小说练拳，与同学一言不合，就敢舍命相搏。成绩跟不上，因为嗓音很好，开始热爱歌唱；早上起来很早去练声，校长抓住说不行，破坏了校规。

班主任觉得这孩子做事有毅力，画画还行。他就到镇上去买纸和水彩颜料，躲在邻居家天天画画。没有师父，没有教材，就描摹美术课本乱画。考高中面临一个问题，成绩好的，学校反对他们考中专；他这样成绩不好的，鼓励他去考益阳的中专。中专也没录取，长沙民办光明美术学校来招生，没想到一考即过，交钱就行。第一次去省城，找二姨，二姨夫把他送到一个厂里当搬运工。暑假后到指定地方报名，才发现学校在市郊偏僻的一个倒闭厂房里。

他东拼西凑借来的学费，缝在内裤里，踩着单车到那里报到，钱还带着体温。学的是工艺美术专业，字体设计，偶尔接触一点产品设计，画一些素描。他每天拎一个速写本，到街上画菜市场、拖板车的老人、捡菜的贫妇。慢慢学会观察一个人及其职业习惯。

家里没有给生活费，晚上赌一点饭菜票，聊补无米之炊。学费是一学期一缴，第二年实在没钱了，只好退学当搬运工，并悄悄瞟学了做烤漆。每周末他仍然坚持到学校去，借同学笔记回来摘抄，自学课程，再请同学评点。学校搬了三次，他断续读到毕业，还是没钱交学费。

一批同学毕业去了东莞，说那里遍地黄金，随便画点画都能赚钱。以前香港是日本和欧美动漫加工地，香港再转给珠三角的人做。他只能找亲戚借两分利息的四百块钱，第一次坐火车，逃票到东莞。去了才发现，十几个同学正在挨饿。只有他手上还有一点钱，首先买一百斤米，保证大家暂时有饭吃。

学长们多改行打工了。他拿着身份证抵押骗吃炒米粉，每次点一碗，放很多辣椒和盐，赶紧端回去加一锅水，十多人每个人喝三碗充饥。同学纷纷去给当地的画师当学徒，他仍然没人要，只有流落街头。那时的梦想只是想画好春宫动漫，能够谋生，从未想过做什么艺术家。

他连给人打底色都没人要，最后只好借一个煤油炉，买十多块钱的糯米粉和糖精，在工地上捡来废板钉成桌椅，半夜起来煮汤圆，卖给那些下夜班的人。"开业"的当晚，一个拖车倒车撞倒他的桌子，赔了五十块钱，算是他发的第一笔横财。同学介绍他去画师何先明那做学徒，每天做三餐，还要给师父师母洗内裤。好歹也算有了吃住，工作就是按师父要求给画布打底颜料。

师父嫌他颜料用太厚，很快辞退了他。他悟出此中窍门，找那些画得比较好的画师帮忙打底，每幅十几元，渐渐也能养活自己了。很奇怪，他打小喜欢写日记，在最穷愁潦倒的日子也一直坚持。有人劝他去读沈从文的书，他懂得了山里孩子要闯出世界的道理。终于赚了一千块钱，又借了一千块钱，回到湖南师大进修，结业之后又回东莞，给电影院画海报并守在门口去检票。

六

他就这样怀揣梦想混迹于底层，终于积攒了一点学费，于1999年底再次回到长沙，拜蔡吉民先生为师。蔡先生是湖南师大的退休老师，油画家。快七十岁了，还在办美术培训班。

先生让他画菊花，他就按伦勃朗那种风格，颜色画得特别夸张。先生看了几眼，说这不行，你这完全是商业画的逻辑，这个颜色非常脏，油画也不是只有伦勃朗才叫油画。油画有很多主义很多流派，你应该学习更多的东西。先生说着，拿起笔几下子就把大的色调铺出来，用他的底色然后蘸上宝石翠绿在罐子上，感觉立马就出来了。

他以前根本就没有碰过这么好的老师，几笔就能把很抽象的这种关系和基本色调构图摆出来。他这才开始重新思考，要把自己过去的路数全部颠覆掉。他开始疯狂地画画，每天去湘江河滩写生。蔡先生说：你这么爱画画，你难道学完又回东莞吗？他说是，他那时只想自己的画作能卖出五百元一幅。蔡先生说其实你可以去考中央美院，那是美术的最高殿堂，有很多名师，你可以真正做一名伟大的艺术家。他一下子被蔡先生的这句话触动了，灰黑的命运天幕似乎漏出一线光明。

他跟蔡先生主要学到的第一是为人，第二是画画，第三是对音乐和歌剧的欣赏。这三年是他生命中最重要的三年，让他真正意识到一个人应该去坚守自己的梦想。蔡先生的老师是颜文梁，他经常给他讲师门掌故。他的素描水平飞速提升，超过了班上所有同学。他这才算是真正踏入美术这个门，以前全部是弯路，还得用大量的时间把弯路堵掉，把一些习惯性的缺点盖住，重新走自己的路。蔡先生告诉他，真正的美术作品首先是个人风格要明朗，对当代艺术来说，你可以不知道他画的是什么，但是你一定要知道这是他画的。

比如说吴冠中先生的作品，他把江南的安静和黑白，用点线色块组织在一起，用西方的那种形式语言和抽象语言去说明，这就形成了他把风景和人文完全结合的个人风格。十八、十九世纪整个欧洲流行一种风俗画，现在看来都没有特别价值。而列维坦则完全把俄罗斯那种大自然的伤感哀婉和风景情趣融进去，因而成为真正的自然主义的伟大歌者。

有了专业课的精进，2000 年的时候他就决定参加高考了，回桃江县复读中学。这是他第一次系统学习高中的课程，尽管专业课已经拿到西安美院和四川美院的通知书，但是文化课却考得一塌糊涂。家里没有一个人支持他高考，村子里很多人做生意回来，为家里修了房子，他们家却还是那个老房子，被当地人看不起。他依旧住在离学校较偏远的鱼塘边上，买煤球自己做饭，晚上去地里偷菜来养活自己。

他继续跟蔡老师学，2001 年接着考，依旧失利。2002 年文化课慢慢有一些进步，专业竟然考上了中央美院和清华美院，其他美院也都来通知书了，学校一片轰动，清华大学的通知让外行咂舌不已。他更加用功学文化课和英语，功夫不负有心人，文化课总分考了三百七十分，超过中央美院录取线二十多分。

录取通知书来的时候，他在长沙打工，妈妈给他三百块钱，他拿一百八十块钱买了一个 BB 机，还有八十块钱租房子，剩下四十块钱要作伙食费，如果四天之内没有赚到钱，就意味着没有办法生活。他拿着画作和成绩单，跑到一家刚装修好的酒店，毛遂自荐，求老板给他一次机会。老板要求三天必须完成八十幅装饰画，给了他两千块钱的定金。

他太激动了，这是他唯一赚取学费的机会。然后赶紧开始分配任务，请人给他做框，自己完成多少张画，分包出去多少，三天后真的完全做到了，老板把余款全部给他。他把自己的画拍照洗出来，搞了一个册子，要老板在上面签字，给予评语，做成自己的硬广告，开始下一轮去找装修的地方。那个暑假他把所有的学费和生活费都赚到了。

七

学校是 10 月 1 日报到，他第一个报名入住。背了三个编织袋，一袋子书，一袋子棉被衣物，还有一袋子颜料和画箱。同学们陆续进屋，以为寝室还在搞装修，把他当成了装修工人。那时他最值钱的一件李宁牌红色棉袄也才一百三十块钱，他就这样一副民工打扮，到北京去读贵族子弟的央美。

学校很多人玩游戏和逃课，只有他吃饭都在跑步，抓紧时间去看书画画。他热爱的是油画，读的却是影视动漫专业。他只要求专业课及格，其他时间全部拿去学油画。他打听到罗尔纯先生的电话，就去请老先生帮他看画。他拖了一车画去，罗先生很早就在画室等他。罗先生在美术界是一个特别令人尊敬的前辈，对他说你的画不要经常给别人看，要给懂你的人看。并说在我看来，你这些画都很不错，有个人语言的苗头，但还要注意哪些方面的构图，等等。从此之后他就经常去拜访，罗先生也是一个很低调的人，告诉他很多道理。他已经开始意识到，艺术是大艺术范畴，你必须要吃百家饭。他开始对国画、刺绣、石刻、民间版画等都产生兴趣，想借鉴各种美术语言，最后形成一个自己的风格。

他把中央美院的专业书全部通读了一遍，跟着各位老师学习此前他闻所未闻的电影欣赏、镜头分析、音乐与戏剧分析。人为什么美？声音为什么好听？一个乐句来源于哪个选段？他整天背着画夹到处去画画，一到周末就坐火车出去写生。他的专业水平在真正的艺术殿堂获得了突飞猛进。

似乎他的身体，这时才开始觉醒。2003 年的冬天，他遭遇了一场充满肉欲的短暂爱情，然后就失恋得一塌糊涂。为了浇灭内心的火焰，他沿着沈从文的足迹到了凤凰，再去山江镇。山江的苗区特别纯真，是花苗的一支。在那里他遇到一个小学老师，说你要真想去一个纯朴的地方画画，就去凉灯，那个地方穷荒艰险，不通公路，需要翻山过去，广州美院一些师生翻山到一半就返回了。他听了这个消息非常高兴，立即动身前往。

他到了那里之后，似乎一切都跟他儿时的感觉很像，跟沈从文书上的人物风景重合在一起。感觉到冥冥之中有一种缘分，就想扎住那里，画自己的东西。2004 年底面临毕业创作，他关于凉灯的一个小的脚本很快就通过了，这个脚本叫《年关》。他又回到凉灯，去寻找那里的音乐，那里的每一个构图，住在那个苦寒的寨子去感受每一个角落。他画了很多草稿，老师看他这么较劲，也从心里觉得这个孩子不错，毕业创作给了他一个一等奖。

他的毕业论文叫《从生活到创作》，毕业作品叫《年关》，记录了凉灯苗寨过年的悲欢离合。这个小视频他花了八千多张手稿去完成，画完之后再去上色。毕业前夕系主任说，你这个片子的结尾，要鸣谢谁谁领导，还有一些不相识的人。他说，对不起，你提的这些，我一个都不会感谢，我只感谢凉灯的父老乡亲。

这种性格，他既不可能留校，也不愿去求职，毕业之后只好回到凉灯。但是还欠三万块钱学费和其他费用，学校直接把欠费者的名字写在教室门口。幸好有三个同学，帮他解决了困难；后来他去办了一个美术培训班，才把欠账还完。

他一边在凉灯间断写生，一边走遍了他梦中的远方。陕北、西北、西藏和江南，他一一丈量着当年那些大师的足迹。

八

凉灯，在苗语中大约意指老鹰落脚之处，可见其危乎高哉。整个寨子分为五个自然聚落，总共也就八百多老少。人均田土不足一亩，人均年收入一千出头。在今日之盛世，可以想象每人每月生活费一百元，那该是怎样的贫困。全寨都是土墙一层瓦屋，没有任何公共建筑，也没有任何一家可以住进一个客人。在那熏黑的低矮房屋里，柴灶、火塘和床铺基本挨在一起。屋梁上吊着玉米、辣椒和腊肉——这些足以维系他们自生自灭的物质，彰显着各家的盛衰。

青壮年多数出门打工，偶尔还能带回一个更贫穷地区的女人。寨子中的适龄女孩，都要想法嫁到山下。越来越多的男人成为光棍，有的一生也没碰过女人。全寨基本都姓龙，共有一个远祖。

村子话语权的构成大致分为四种：代表政权的书记村长，代表神权的巫师，代表绅权的老师和代表族权的辈分最高者。这些权威者也都姓龙，利益共同时，会很团结一致。但在各自的话语范围则有各自的权重，偶尔也有矛盾。

黄于纲是经人介绍而认识龙老师的，龙老师是本寨唯一的师范毕业生，知识分子，一个人打理着唯一的一所希望小学。不仅一批批孩子都是他教育的，寨子里但凡通信、登记、打报告等诸类事务，皆要拜请他才行。他能接纳黄于纲在他家搭伙，并安排黄于纲独居于那个废弃的教室，这已经足以让全寨侧目。

这样一个奇特存在的苗寨，无论建筑、人物和风俗，应该都是艺术家甚至人类学家和社会学家研究的最好田野基地。黄于纲立志于此，每天走村串户，记日记，摄影摄像，写生素描，水墨、油画和雕塑一起上。他要用多种媒体的方式，来记录一个古老村寨的变迁史。这一待就是数年，那时，他培训过的一个女生爱上了他。她考进大学后，很快退学来陪他在凉灯生活和创作。他们寄居于那个废弃的教室里，结成了患难相依的夫妻。而他画过的一些衰朽残年的老人，也在渐次远去。巫师开始警告村民，不要让这个外来人画像，会被他摄取魂魄。

但是他给村民一些模特费补助，他的朋友们经常来看他，为村里募捐一些衣物、图书，渐渐他也赢得了大家的信任。他的日记记载——吴奶奶说我所画过的老人，已经死了四个，余下的不多了。我正在给她画肖像，生怕这样会给她带来厄运，赶紧停笔。奶奶看出了我的意图，便风趣地说："他们不是被你画死的，是病死老死的，人到了八十多岁，可以安静地自己爬到土里去了。"

日子久了，淳朴的苗民有事也会常来请托。政府扶贫款如何公平分配，通向山下的公路何时修通，一家智障的几个孩子如何进入特殊学校，这都成了他也该要尽力而为的事情。甚至老光棍求他带去镇上嫖娼，弥补生年之荒寒缺失，他都不能忍心拒绝。

九

2010 年之后，他用辅导高考补习班和卖画的一点小钱，支撑着他自己的小家，以及在凉灯创作的全部生活。卧具、颜料、画框甚至饮用水，都要翻山越岭背负上去。他像凡·高在普罗旺斯的寂寞一样，自信他的坚持和坚守，必将在艺坛开出花来。

从山江镇卫生院来了几个医生，说是给村里的小孩检查疾病，龙求全有四个小孩，两个无户口，求全的母亲害怕暴露而遭到计生部门的罚款，不敢带另外两个小孩去检查。他出面解释说他们不是那个计生部门，她才战战兢兢地带孩子一起去。这些日常生活里的悲苦，他都用他的画笔一一记录着。

无论内心怎样温暖悲悯，有时也难免抵御不了一些寻常的伤感。他的日记写道——

今天我是痛苦的，为千潭村 51 号老三的过早离世而悲痛。我去看他时，好多村民已聚在他家。老二给我碗筷让我喝酒吃饭，我看见桌椅还是我画过的，在这儿，我曾经和老三喝过酒抽过烟。我只想喝酒，来追忆他和我画画时的情景。去年冬天下大雪，在他家画了半个月，那时老婆因天太冷回家了，我一个人住在希望小学，天冷不想煮饭，好几顿都是和他吃一起的。我总要他出去打工好泡个妞回来，年轻的寡妇也可以，别再孤孤单单了！如今，他还是孤独地走了。想到这些，我不知道画画是否还有意义，尽管我已走了十几年，并还会继续走下去；我也不知道画画究竟能承载些什么。面对老三的死，好想大哭一场，却又找不到哭诉的对象。

晚上老婆打电话来，我将此事告知她，她竟哭着要我早点回家，我说明天一大早还要送老三。

日子还会跟过去一样，老大仍过着他的光棍生活，老二会带着老婆再次出去打工，我仍旧画画，写点东西，拍点照，唯一不同的是村头的大树旁多了个坟堆。

在这样一个终将消失的苗寨，参加葬礼几乎成了他的日常生活。我看过他的一组关于送葬的水墨，也许今日中国，只有他还会画这样的题材。他在日记里记载思考着这样的生离死别——

上午十点多，从凉灯二组下一个山坡到了一组，去参加一个老人的葬礼。带了画具，如果主人介意，我就不画。葬礼是我一直关注的题材。

今天天气寒冷，全村老少都在丧亲的那户人家吃早饭。我独自走到棺材边，四周和下方都点着香灯，几张红被盖着老人，还未入棺。棺木旁边生着炭火，十几把木椅散落在周围，守灵的人们就在棺木斜对面吃饭。一个眼里噙着伤痛的妇女用苗语问我什么，我听不懂，她就径直跑到遗体边放声大哭起来。望着她的背影，我心生惆怅。世间万物皆有始终，所有的哀怨都在记忆中堆积。

走到吃饭的地方，屋里挤满了人，他们头裹白巾，排了六桌。上几大碗肉炖白菜，几壶烧酒，大根的木柴烧火煮水取暖，火塘边也蹲着人，柴烟熏得满屋都是。半边刚杀的猪放在木柜下边，几只黑狗窜行在人群的缝隙中。中间堂屋正壁贴着红色的毛泽东画像、送子观音、财神福禄，等等，这是他们的信仰祈望；左边是年长者睡的黑色蚊帐，蚊帐对面是灶台橱柜，煮饭师傅忙着给吊丧的人们装饭打菜斟酒；右边是年轻人睡的白蚊帐，它旁边摆放着稍微新式的家具。这三个通间装着他们的衣食住行，待人接物的准则，还有他们的价值及信仰世界，这些都在里面体现并不断冲撞、打破、融入、延续。

我游走在房间里的各个角落，思考着这些东西应该怎样去表达。画具就躺在离死者不远的地方。龙老师说，她享年七十三岁，卧病三年，老公小她四岁，生有五儿两女，这种情况，在苗族，他们两口子是福命！

我撑开纸张，望着刚吃完饭的守灵人，他们围着遗体又开始失声痛哭，连劝哭的人也不禁落泪。哭声在村子上空飘荡，冬日的冷风吹动着地上的纸钱，见这情景，我眼圈也红了。年长者开始在棺内垫上黄裱纸钱，顶上方放着几片青黑色子瓦（当地瓦片的一种——编者注），再用白巾盖住，垫上被褥，等待遗体遗物进入。至亲儿孙们痛哭地托着逝者慢慢放入，新的苗衣鞋帽分别放在四周，他们再看最后一眼。乡邻们劝开儿孙，掌事者下令封棺，十几个抬棺的壮士们在一旁用粗草绳系紧棺木和木杠。一根长长的白巾从棺材前方直伸到至亲们的手上，他们头缠白巾，白巾的额头部点上一点大红。待一切准备就绪，掌事者一声吆喝，便开始起身行丧，爆竹震耳欲聋，纸钱沿路抛撒。全村老少在后面送行，且要送到埋葬的地方，吃上丧糖烟酒。

逝者埋在离家不远的山崖边一块刺杉林里，沿路弯弯，崎岖险陡，饮着烧酒的壮士们终于到达逝者安身之地。我是第一次来这里，虽是冬季，但风景如画。逝者的老伴儿早已用镰刀砍出一条小路，到春天，那些断开的荆棘灌木又会生出新枝绿叶，那将是另一个生灵悲欣的世界。

一个中央美院的高才生，三十几岁的小伙子，就这样放弃都市繁华，深入他乡，寒温相关地融进了这片土地。开始，凉灯的百姓见到他说：小黄，你来了。现在，他们说：小黄，你回来了！

没有他的草根生涯，少年和青春的磨难，我很难相信他能经受这样的考验，并夺取来自土地的他应有的收获。一进冬天，他看见蜿蜒曲折的河滩，那凸显的曲线像长长的思绪，一直伸向远方；他会在脑中记起轮船的汽笛，深感自己就像线谱上孤独的音符，独自感怀自己的历史和即时的风景，他曾经的快乐忧伤会随风而逝。

他现在的工作室离湘江不远，每回从凉灯回来，都会去河滩走走。他始终记得当年，腰间装满日记本，去寻找母亲的时刻。一路上全是山，乳房似的山，无一不是母亲的象征。第一次和妈妈抱头痛哭，他从未如此幸福地痛哭过。从河边来，到山间去，是他一生中最重要的转折。之后无数的坎坷起伏，从再次登上凉灯开始，他的人生终于有了崭新的高度。

十

我乃美术圈外人，却在这个时代，结识了很多优秀的艺术家。每个人的成功都有其独特的传奇，都有不可复制的巅峰。然而像黄于纲这样一个苦孩子，一个看似完全与高雅艺术无缘的孤儿，却能依靠自己的底层打拼，终于出类拔萃，站立在当代艺术前沿——这几乎是我见识的唯一。

多数的80后，已经对这个时代的苦难无动于衷。他们不知道还有这样一些同代人，会在他们的锦衣玉食之外挨饿。无论文字或者画面揭开的惨苦世相，很多时候，还可能构成对他们视觉的冒犯。流行的当代艺术，在那些冷暖颜色的背后，也许不乏波普和荒诞，不乏独创与象征，但是，却缺少黄于纲这种对乡土中国的逼视。

对，我说的就是逼视——一种眼露寒光咄咄逼人的审视。这种逼视是艺术家在这个纷繁岁月应有的立场，是其画刀刻画中深藏又毕露的态度。我喜欢有态度的创作，无论文字、色彩或者光与线条，一切都该黑白分明。就像一个人在这个世界，天然必须区别正邪一样。

黄于纲的大量作品，基调都是隆重的黑墨，稀有的红是寒山火塘的微茫温暖，是夕阳难挽的万般无奈。凉灯，这样一个曾经无人知晓的古寨，必将因其刻画而名满天下，最终也必将在其注目下渐次消亡。黄于纲身上，有我喜欢的那种湖湘子弟的蛮野、执拗和坦率。我们不多的酒聚里，都会交换故事，使酒骂座，自己把自己灌醉，然后高歌无忌。他的身世之苦，在他的哽咽叙述中，常常勾出我的老泪。

老话爱说天将降其大任者，必将如何如何。然而世间并非所有的辛苦，皆能换取福报。但是，我个人坚信，一个伟大的艺术家的诞生，绝非温软画室的产物。我之所以看好黄于纲及其创作未来，在于非常人物必有非常之志，也必有浩然之气。他正是怀揣着这样一股气，行走于盛世边缘之荒山野岭。他那洒泪拌血的颜料，一定迥异于诸多媚俗谀世的画匠，也肯定会在来世，绽放其灿烂寒光。

2017.5.8 于大理

首辑

散记：每户人家的阳光都有不同的故事

苗家年

　　苗族人过年，非得杀猪，并且得等亲人到齐再开宰，除非有的亲人在外有要事回不来。宰了肥年猪后，便把族人叫来吃杀猪饭，庆贺过个好年头，还得拜堂灵祭先祖，感激他们的保佑，望来年有个好收成，家人平安发财！在整个腊月制作烟熏腊肉，同时还有打粑、磨豆腐。这次从外打工回来的好多年轻苗族人装扮上变了，变成了非主流、杀马特，头发染成了各种颜色，梳成各种形状。凡在电脑上见到的新潮模样，这里都能见到。有些脸本来就小且褐黄，头上大片的红头发又把脸盖去了多半，一副深沉冷酷的样子，在集市里迈着非主流的步子，让人担心这样子能扯到美苗女的衣角吗？赶边边场（赶场时，遇到某个女孩，男子可以去扯女孩的衣角，如果互有感觉，双方可以谈恋爱或到山里对歌，以增进感情。）是需要细心发现的，你把眼睛给盖住了，你不怕被时髦的且放着周杰伦高歌的摩托车给撞了？你不怕不会唱苗歌了吗？显然，这里也"和谐发展"，有些苗族女孩也不甘示弱，不穿苗服，穿着短裙。

　　摩托车与小汽车的烟气取代了"油腻"与牛屎气。

流行歌曲将古老的苗歌赶到了更偏远的地方。

有老婆过年好，心里踏实，有回家的感觉；有妈妈过年好，心里温暖；有姐妹过年好，心里幸福；有朋友过年好，心里愉快。

2010 年 3 月 13 日

得胜坡的姊妹俩

今天很冷，早上约好了珍亭的车，要他把我送到距千潭村不远的得胜坡村。整个村位于一个碗形的山坳里，山江的雪基本已融化，但得胜坡村的雪还有很多。

当车开到村口时，眼前村庄里的雪景很漂亮，原计划的角度构图不作打算了，就在村口画。找个避风的地方，把大画架、画布和画箱支起，准备好，画了不到一小时。实在是太冷了，还好带了火机，就在旁边捡了些小干枝，烧火。戴着手套的手都冻木了，尤其是左手，拿擦笔纸已经擦不动。烤了火，全身开始暖和起来，但都是小柴火，只够烤几分钟。画到冻得实在不行了就烤火。这张画是一米×一米，花掉我近五个小时才算完工。之后，又将画放在龙桂香家里，并跟她女儿说想吃顿饭。那时已经下午四点了，小女孩十九岁，正挑着一大担水。她和她十六岁的妹妹给我做饭，我就去准备下一张画去了。一刻钟不到，饭熟了。又冷又渴又饿，像狼似的吞了两碗饭。白菜太咸，不好意思说，有热饭吃就够走运，真多谢这姐妹俩。

吃完饭，开始烤脚，闲谈中得知她俩连益阳都不知道，出过最远的门就是山江，连县城凤凰都没去过。她俩说她们每天都很忙，有做不完的家务。她们还有三个妹妹，一个弟弟，他们都在读书。家里的家务几乎全部落在她们肩上，上完小学就没读书了。家里穷，为了成全弟弟妹妹读书，她们只能辍学。父母亲为了要个儿子，经常要躲避计划生育工作人员的抓捕。在他们家最穷的时候，计划生育组织牵走了他们的主要财产——耕牛，还拿走了很多凳子。家里人口多，收入少，只好将才一岁的四妹送给外婆养。四妹现在不想回家，因为家里太穷太累。弟弟已经九岁了。两个月前，龙桂香的丈夫因病去世，姐妹俩升格为主要劳动力。爷爷七十多岁了，奶奶腿瘸，母亲靠在山江赶集时卖些自家的小菜赚点小钱，因为父亲的去世家里基本上没有收入来源。姐妹俩身上一分零花钱也没有，还乐观地说：我们不需要钱，因为没地方花，只有给弟弟妹妹才有地方花。

她们活泼开朗，懂事，健康，热情善良，知道农家的子女应该早懂事，不依靠别人，懂得用双手来养活自己，还懂得乐于奉献。生命在她们身上变得厚重。

最后一张画未完成，只能明天再去画，约好了明天给她们照相，下次洗出来再带给她们。

2011 年 1 月 10 日

看她们懂事的，我想起曾经的自己！如果，童年的我站在现在的我的跟前，哦哟我们却会痛哭。

去凉灯拍照

早上七点起床，山区落雪天特别冷，下了很大的决心去凉灯拍照，完成年前的任务。吃了昨晚的剩饭剩菜，还打了两个鸡蛋进去，背上行包、相机踏上山路。由下千潭到上千潭，要经过千潭湖，湖水碧绿，山上的雪未融尽，映在湖面上，像冬日晨妆的女子。那些白雪块与青黑色的树木灌林搭在一起，即抽象又具象，这景致完全体现了中西合璧的意境。好久没有这么静心地走在小路上，思索享受这美的景色，天气虽冷，却显得微不足道。还有那被雪覆盖的稻田，一道道黑田埂形成的弧线，很有音乐感，美术作品的形式感自然形成。如果画下它，直接上纸就行，不需加减法。当我走到老家寨时，发现那里的雪更厚，上次看到过的青灰色的屋顶现在全是厚厚的雪，山上的树像墨点一样，洒在雪的梯田上。一路上静悄悄的，这白雪的世界里就我一人，我不停地按动快门。来老家寨不是第一次，每次来都有不同的感受。脚踩在雪地里发出嘎吱嘎吱的声音，这叹息的声响，伴上落叶……画画是在记录岁月吗？记录旅程吗？生命如雪一样净白，脚踩在上面，于是有了旅程，有了阅历，踩着踩着与泥土黏在一起，便有了归宿，有了原点。

一个脚印，一声叹息，一堆泥泞，一个石阶，你都得路过。你不走，它们还在那，你走了，回头看看，可能小草已从泥泞石缝里生长出来了。

到了老家寨的欧介辉老师家，他们正准备吃早餐。他的二哥二嫂从外地打工回来了，二哥几乎没变化，二嫂的脸色已变得十分蜡黄，在外打工很辛苦，年轻二嫂的弓背能说清楚这些劳累辛酸。他们一家人都很热情，还邀我吃早饭，我说我很早已吃过，想拍些村里非主流的年轻人，还想拍最穷的那户人家的合影。欧介辉老师顾不上吃饭，就带我去了那户穷人家。踏入他家门，里面空荡荡的，门口挂着两块婴儿已用过的尿不湿，那是准备晾干后再用的。欧老师在隔壁找到了那位伟大的父亲——八十二岁的老头。见到我，他充满感激。我虽听不懂他的话，但能感觉到他心存感激（一个多月前带谢总他们过来，谢总拿了几百块钱给他）。儿子已去砍柴，智障的媳妇和几个月大的小孙子还在床上，五岁的小孙女在外面来回跑着玩耍。欧老师介绍完我的来意，老头就说马上去叫儿子回来完成我的拍照。大约等了半小时，儿子回来了。媳妇也起来了，儿子给两个娃穿衣洗脸（因为媳妇不晓得干这些事情）。大概到十点多，我拍了十多张照片，分屋内屋外拍的。拍完后就回到了欧老师家，听他父亲讲述这户人家的境况：（老头）找过三个离过婚的女人，生有一儿一女。女儿嫁过三次，第一次嫁到麻阳，过了几个月就被男方送回来了；第二次嫁到独龙乡，同样过了几个月又被男方送回来了；第三次是前两年嫁到了千工坪旁边的一个村，男方家很穷，但女儿在四十几岁算是有个着落。女儿奇丑，且精神也有问题，基本不能自理。儿子是小的，四十几岁找到了现在的老婆，也是残障，花了一万块娶过门，现在连利息都还不上。这个残疾的妻子生了两个漂亮的小孩，但不幸的是两次都是剖腹产。第一次男方家拿不出钱来动手术，还是这妻子的母亲拿出那一万块的聘礼作为手术费，才成功地生出现在已五岁的女儿。第二次是伟大的父亲卖掉家中唯一值钱的耕牛，动的手术。幸好是个儿子，老头这钱花得乐开了眼。临近过年，政府给了他一张单子，叫他儿子到镇上领钱。儿子一字不识，将这单子弄丢了。儿子有个同母异父的大哥，是村里第二穷的，大哥经常帮他，但也极其有限。儿子只能在家附近打工，这几年一直在麻阳打零工，隔不了几天就得回来做家务。毕竟家里有两个小孩，一个年迈的父亲，还有残障的妻子。我听了这些，心里流泪。离开老家寨时我拿了一百块钱给儿子，残疾的妻子连说谢谢。我没多少钱，只有路费了，要不一定多给。他们太穷了，我不知道文章能否准确表达这户人家的境况，也不知道画画能否表达。

11点40分启程从老家寨出发去凉灯，山路难走，约一个多小时才到凉灯龙老师家。他的小儿子龙海洋在家，他则有事去了千工坪。海洋带我去凉灯二村拍了一对新婚夫妇，之后又去了一村拍他舅舅的全家福。其实在拍照的过程中，很多人不喜欢拍。他们有很强的戒备心理，怕惹事，总想着我们拿这些照片去干啥，会对自己有什么不好的事。有熟人介绍情况就会好一点。

下午4点50分从凉灯一组出发，5点30分到千潭，回来时就快多了。

2011年1月28日

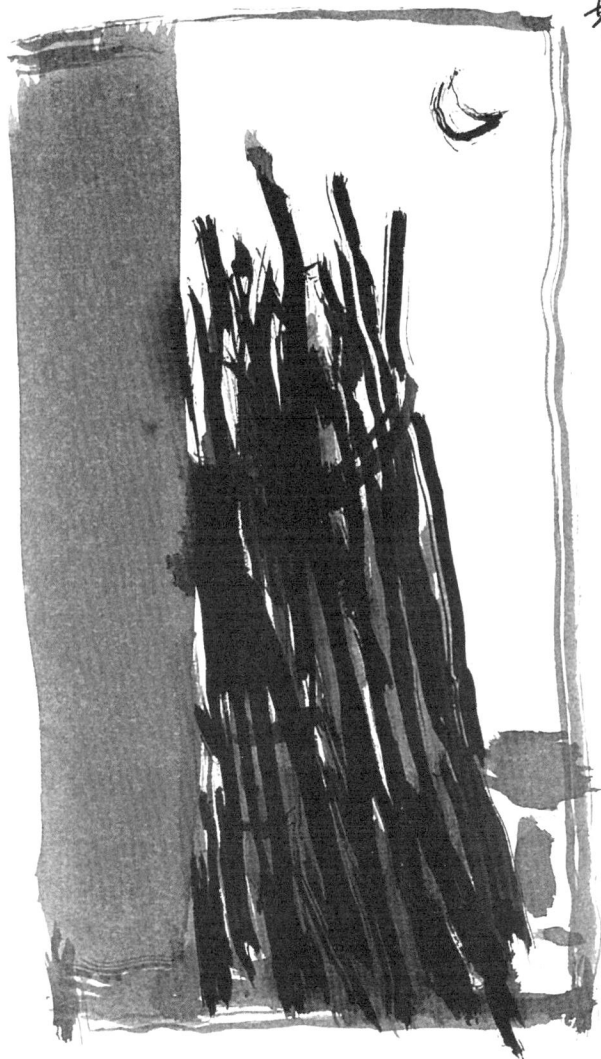

那时已有他父凤凰西安2000年和
美术项目·《合家福》设计

再想千潭村 51 号

　　今天我是痛苦的，为千潭村 51 号老三的过早离世而悲痛。我去看他时，好多村民已聚在他家。老二给我碗筷让我喝酒吃饭，我看见桌椅还是我画过的，在这儿，我曾经和老三喝过酒抽过烟。我只想喝酒，来追忆他和我画画时的情景。去年冬天下大雪，在他家画了半个月，那时老婆因天太冷回家了，我一个人住在希望小学，天冷不想煮饭，好几顿都是和他吃一起的。我总要他出去打工好泡个妞回来，年轻的寡妇也可以，别再孤孤单单了！如今，他还是孤独地走了。想到这些，我不知道画画是否还有意义，尽管我已走了十几年，并还会继续走下去；我也不知道画画究竟能承载些什么。面对老三的死，好想大哭一场，却又找不到哭诉的对象。

　　晚上老婆打电话来，我将此事告知她，她竟哭着要我早点回家，我说明天一大早还要送老三。

　　日子还会跟过去一样，老大仍过着他的光棍生活，老二会带着老婆再次出去打工，我仍旧画画，写点东西，拍点照，唯一不同的是村头的大树旁多了个坟堆。

2011 年 5 月 23 日

说黑

黑，这个字有着极大的包容性，它深重，它美妙，它戏剧性强……我这一年多来，基本上是在苗家黑黑的屋子里度过的，但每次画这样的场景时，都没觉得厌烦。哪怕是面对几乎相近的构图，都能画出感觉好的画面来。我对黑有着深厚的感情，尤其是房子里的那些柜子、灶台、碗筷、桌椅、床、屋顶的木头等，总能吸引我尽情地去表达。这些东西在苗家，由于长年累月被烟炊熏，变得几乎只剩下黑色，我的调色板上几乎没有鲜艳的颜色。之前我是较为如实地表达，也曾表现出趣味，现在则想如何将画面表现得更黑，黑得既符合苗家的感觉，又能抽象出来。走这条路，应该是对的。

看伦勃朗的《牛肉》这张画，能感受到光的魅力和戏剧性，他的画已将油画材质与光结合得十分完美，像舞台剧，人物像在锥光下的演员。他的黑符合西方的审美，而吴冠中还只是在少量的黑被白镶住的基调里，去经营自己；王怀庆在家具的构成里去找黑，显得优雅，文人味很足；李可染的积墨法，显得浑然厚重，重在"积"。而我的画，则应在感情上做文章，我的黑注定不优雅，不恬静，它是"积"墨，但不会为了厚重而厚重，它应该是几分悲悯、几分沉重、几分压抑、几分惆怅。

我的画应该不要去"讲道理、合逻辑"，应该让人看了就觉得居然还有这样的"黑法"，让人找到人的同情本性，让人置于黑暗之中去摸索自己的内心。

　　9月4日上午在老婆家，老婆躺在被子里像条可爱的小狗。

2011年9月4日

赶集见闻

牛哥早上六点多点就把我和小王叫起了床，我们一起去了集市。集市上真是热闹、丰富，有残疾人演唱会，有卖肉的摊子、卖小菜的苗老太太们、准备拉客的小货车司机，有一大早就在交配的土狗们……真是精彩，这是一个早上的世界，包含各种毫不相干却又一起汇聚在这个偏僻小镇的人和物。每个人每个动物都揣着一颗平常而又忙碌的心，在这街面上演绎着自己早晨的生活。在天未睁眼的时候，他们就准备着，甚至会想早上会遇到什么人，会买多少斤猪肉，是肥的多些还是瘦的多些，是给零钱还是一张红百元，并叮嘱自己一定多带零钱……

残疾人大约有七八个，每人唱完一首后，就会有三四个分头拿着钵子、塑料桶走向肉铺、摊位、菜贩、面包车司机还有路人要钱。当一个双脚残疾的青年人撑着拐杖到一个苗老太太那儿要钱的时候，我认真地盯着他们。这老太八十好几，卖豆豉的，应该说这两个人挣钱都不易。残疾青年人站在苗老太跟前停了好久，苗老太一边说着苗语，一边在怀里抠着钱包，她的意思是没有零钱，过了约五分钟，从怀里抠出整齐的一叠一毛钱，正数时，青年人走了，苗老太对着他的背影发愣了好久。

2011 年 10 月 31 日于千潭

"牛哥在去年12月份意外去世了，由于个展车专送"他！

龙凤祥

凉灯的龙凤祥还欠我一次做模特，前年暑假的一个晚上我画了他一张肖像，约定第二天晚上继续画，但由于他腿部水肿，无法安坐便取消了。去年他因病去世，村里人都不知道他到底得的什么病。

他结过三次婚，第一次是做上门女婿，女方家在凤凰禾库乡，几年都未有生育，有人说他阳痿。恰逢县上来个工作队，队里有个光棍看上了他老婆，他老婆也看中了人家，这样一来，他就只能卷铺盖回老家凉灯了。过了几年，他看上了凉灯一组一个未婚女子，女方父母也同意，但在一起不到一年，这女子便淹死在了老家寨山谷的小河里。又过了好几年，他的妹夫领来了个有精神病的女人，两人睡了一晚上。第二天妹夫问他如何，他说定了定了。一年后得了儿子，大喜，因为他是三代单传。给儿子取名龙再生，意思是想再生个儿子；老天开眼，两年后又得一子，取名龙再来。他想再来一个，后来却一直未能生育，更不幸的是龙再来几岁时竟夭折了。这次打击给他心里带来了永久的悲痛，导致病魔缠身；老婆的精神病倒是有些好转，但经常跟村里一些光棍鬼混，弄得有人经常取笑她。

龙凤祥死后埋在离家不远的山林子里，老婆像往常一样爱串光棍的门，再生还是光棍，在外打工。

2013 年 11 月 14 日

凤祥的硬皮柜

我看苗族

谢总要我写一篇关于苗族历史人文的东西，其实在百度里一搜就可以出来许多相关的文字，谢总此言皆因我来山江苗区太多次，对这里的人、景熟悉且喜爱。无论是什么季节，这里都是美的，纯朴的！

苗族传说是蚩尤的后代，与黄帝发生过战事，战败后逃于湘、贵、滇偏远山区繁衍至今。当时这里人烟稀少，荒地得以开垦，肚子饿不着，到现在这里还把上山干活叫"爬坡"，一个"爬"字交代了苗族人的辛勤节俭。他们走路呈内"八"字形，往往鞋的外侧靠小脚趾的地方最先磨破，这样走路平稳不易摔倒。苗人似牛壮而结实，他们常要上山背柴、挑谷、种菜……因此一般苗人的背都弓得厉害，个子也普遍矮小，虽矮小但生性好斗。苗人尚武，打架厉害且为人仗义者，往往都有很高的威信，历数几代苗王无不如此，如吴姓三代苗王、龙云飞等。到现在，街头混混也是这样，法律有时是不中用的，仗义道德更重要，谁被欺负了，先想到的不是报警或上法院解决，而是找人报仇。这个仇不管报得成报不成，彼此都将积下怨恨。如果双方在一个寨子里，那怨恨就会随时间慢慢散去；如果不是同一寨子的，那这两个人的怨恨会上升成寨与寨之间的事情，并越积越深，一旦爆发就是一场恶战，村里男女老少会全出动，偏僻的派出所是无法化解的。近些年此类恶战少了许多，主要是因年轻人外出打工，老乡在外互为照应，连来连去都是朋友，一旦有事，几个熟人碰面交谈一下，喝几碗米酒就了事了。

但有一类事，为此斗殴的却一直没少，只是发生的时间有所改变，那就是为了女人。苗族人最喜欢生男孩，"不孝有三，无后为大"，这句话在这里表现得尤为突出。无论是计划生育政策出台前还是出台后，苗族妇女都一直坚定地认为她必须要生个男孩，为丈夫争光接后，否则她会认为自己的一生就是耻辱的一生。到现在我所认识的已经有六七个孩子的超生妈妈中，还有未完成光荣使命的，还要继续努力。显然她们是伟大的，我是一星期前做的父亲的，亲眼见到了生孩子的痛苦，能理解她们的伟大，也敬仰她们的坚定！

为女人斗殴，苗族人表现得尤为勇敢，不怕死！以前找结婚对象一般是先赶"边边场"，当然男欢女爱之事也是从"边边场"开始的。这是每个男人要面对也要做的事，那么你就必须得冒着被人打和打别人的风险，哪怕头破血流。山江赶场逢古历"三"和"八"，经常有几个男人追逐一个女人，为此刀戎相见就成了必然。

近些年斗殴一般发生在腊月，快过年了，年轻人都回来了，许多人打扮得特"非主流"，外表与内在需要协调，这些人往往都异常炫酷冷漠。在腊月几乎每次赶场都有打架事件发生，也几乎全部是为了女人而战。山江娶老婆要花很多钱，他们的收入与聘礼就如同现今的房价与工资一样极不相称，这种情况导致单身汉遍地都是。晚上抱着女人睡觉，几乎是这里所有单身汉的梦想，但梦想遥不可及。年龄一年一年大起来，老婆遥遥无期，便造成了性饥渴。每逢赶场日光棍们都排队解决性饥渴。这里的小姐生意极好，或许也得谢谢她们，为社会减少了矛盾。

性的问题是得到了解决，但"续香火"一事则紧紧勒着光棍们的心，因此那些离了婚且有生育能力的女人，就成了"抢手货"，甚至智障但有生育能力的女人一样可以嫁出去。山江凉灯有一户龙姓人家，儿子智障，娶了一个嫁了五次且同样有智障的妇女，聘礼花了三千元，娶进门一年多，公公发现她未怀孕，准备退婚。但当地一位龙姓老师找出了一个偏方，让她吃了一年多，竟致怀孕了，生了一名男婴，全家沸腾。由于家境贫困也无节育避孕之举，智障妇女接着又生了三个女孩。

那些到了四五十岁还未取到老婆的光棍们，生活过得十分单调孤独，屋子里乱成一团，活得还不如动物，文明已起不到任何作用。动物的天性需要配偶，贫穷割断了这种天性。我每次去那些黑乎乎的单身汉的家里，心里就有一种莫名的悲伤，就想请他们去山江嫖一次。想必他们每次回到家中躺在黑色的蚊帐里，寂寞孤独肯定会随之袭来。

凉灯有一个单身汉四十好几，有一回，村里人有喜事，叫他去帮忙，进他家门，门却没关，一切都跟一个星期前一样，喊也没人应。喜事人进屋，只见单身汉躺在床上一动不动，眼角流着泪，只有他的猫在舔他的脸，他的下半身已僵硬。他患了急性病，已饿了三四天，也未喝水，身体动弹不得。后来在村里人的帮助下，他被送到了凤凰县人民医院，住了一星期就好了。自那以后，他心里一直有阴影，很害怕得病。由于不会说也听不懂普通话，他不能出去打工，只好在家里种那几亩地。种出来的稻谷、油菜籽及大豆多得自己吃不完，但他就是不卖，怕失去赖以生存的谷子和油。一旦自己再生病，起码有吃的，不至于饿死。我在他家画了两张画，都是为了表现他的孤独，我不知道怎么去解说他的人生观及活着的意义，只能说他过得简单又伟大！

这边的人普遍不好读书，一般读完初中便出去打工挣钱，连同父母一直在外，逢过年时间回家。如果有幸能找个媳妇，便在 12 月或 2 月结婚，一年之中这两个月，是苗族结婚的好时节。这里结婚好排场，舅舅位置最高，给的礼钱也最多。他来之前，女方的年轻伴娘，男方的几个结伙的兄弟都已身着苗衣在山路上用大喜红布拦客，对唱苗歌，互喝喜酒，歌词大意都是吉祥喜庆、客套祝福之类的。双方礼仪到位，男方便放一挂大爆竹喜迎舅舅；舅舅则率着男方母亲的娘家众亲戚，背着礼物、挑着匾额而来。匾额上贴着百元大钞，两旁写好了红色的吉祥祝福语。宾客在爆竹声中走进大门，男方的父亲发着香烟、喜糖、瓜子，安排贵宾一一就座，再讲几句欢迎的话。亲戚们庄严地坐在那里看着新娘新郎，一边吃瓜子，一边四周望望。到了晚饭时，屋坪前后都放着方桌、长凳、木椅。这些方条形的黑色木块在青石板上显得格外醒目。摆碗放菜的邻居帮手,将酒肉装满上桌。一桌最多六个菜,没有青菜,全是大碗装的,喝酒也是大碗,你会感受到大碗吃酒吃肉的痛快。酒肉管够,邻里伙计左手提着洋皮铁桶,右手拿着大铁勺,随时加菜,还有负责上啤酒、白酒的人,也在一旁候着。

晚饭后,家里管事的安排晚上的活动,重头戏就是唱苗歌。男女双方的亲戚围着炭炉而坐,主人会端来一大盆热水,先让女方高宾洗脸,洗完后男方亲戚再洗,最后毛巾和水都是乌黑色的,都洗完了主事的再把脸盆端走。你不会感到脏,这是他们的习俗,目的是让亲戚们的关系都融在一起!

洗脸之后,新郎开始发喜糖、瓜子,双方的亲戚代表对唱苗歌。这活动一直持续到天亮,唱到半夜,大部分人都坐在凳椅上东倒西歪地睡着了。苗歌仍然在唱,这时的夜静悄悄的,外面的星空特别美丽!你会发现这古老的苗歌与苗寨融合得如此浑然一体!你会联想他们的生活方式和场景那么朴素感人!

婚礼的筹备也很有趣!在结婚正日的前一两天,由算吉时的人看准时间,然后新郎带着几个相好的兄弟,有挑鸡鸭鱼酒的,有挑两只大鹅的(回礼必须回一只),有扛着戴大红花的大肥猪的,有挑烟酒副食的,有挑成捆百元大钞的,列队前往女方家。如果时辰未到,男方不得进入女方家，只能待在不远的山路上。有时男方兄弟饿着肚子，在寒夜里待一通宵，一切都是图个吉利。吉时一到，女方开始放鞭炮迎接，家里早已摆好大碗酒肉等候。这一过程只有这里的苗族才有。

苗女要出嫁时，面对即将要离开的父母兄妹，面对众多亲人和堆积如山的红被子，她必然会哭，哭得伤心动人，伴娘、姑妈和嫂婶都会来安慰。随后鞭炮响起，兄长背着妹妹出大门，交给来娶亲的新郎。如果在一个寨子里，新郎则背着新娘回家；如果距离比较远，会有小车来接。这时候一定会是凌晨，天刚蒙蒙亮，新娘在前，有人举着大火把带路，伴娘在后，每个伴娘都提着马灯，她们走在弯弯的石板路上，远远望去像条行走中的火龙，不断的鞭炮声响彻整个山寨，大人小孩都会起来看热闹，给出嫁的苗女送行！

新的婚姻、新的家庭，不久会诞生新的生命！同样延续着父辈的使命，只是时间在飞逝，社会也在发展，这里仍然发生着外来文化与苗族文化相融合、相冲撞的故事！

苗族老人去世，葬礼是非常热闹且壮观的，葬礼当日村里人都会去祭拜。棺材放在堂屋中间，必须三天三夜以上，还要请苗族巫师来超度。直系亲属要随着巫师绕棺缅怀，巫师一般有两到三个，有打锣敲鼓的，还有一个口中念着悼词，其实很少人懂得其中内容。

下葬那天清晨，全村老少都起床送别，在外打工的也必须派一个代表赶回来送死者一程，无论路途多遥远。十几个壮汉用大木棒子抬着用粗草绳捆着的棺木，棺木上站着一只大公鸡，旁边系着两条长数百米的白布，有人拉着，有人拖着，每个人头上都缠着白布。巫师带着孝子贤孙领头，敲锣打鼓的、背花圈的、放鞭炮的跟在后头，队伍浩浩荡荡以定好的时辰向早已选好风水的地方前行，沿途必会经过一条曲折的山路。待到一片依山望远的开阔坡地上，把棺木对准方位放好，这时长子长孙会拿出酒水糖果，先给扛棺木的壮汉倒酒，再给站在周围的乡亲撒散糖果，乡亲们低头躬腰捡糖，无意识中就祭拜了死者。死者的亲属们围着棺木跪地痛哭，做最后的离别！管事的首先用铁锹挖土，哭声愈发大了，直到棺木完全被土覆盖，亲属乡邻才带着不舍慢慢散去。巫师又回到家里，给死者烧纸钱，再次超度；众乡邻再吃一顿早饭，喝一顿早酒，葬礼才算结束。

从 2004 年到现在，对于千潭、凉灯这两个村庄，我所见所闻，有着说不完的故事，这块土地将继续见证他们的故事，也见证我的成长。

2011 年 10 月 25 日

悲伤的纪念

早上到煤矿（金竹山煤矿）时，遇到了丧事，很热闹，戴着苍白布的死者亲戚们拥着花纸裹着的棺材放声大哭，声音被巨大的爆竹声和乐队铜锣鼓声所淹没。沿路散落的红色炮纸在大队伍走后被冬日的风吹得七零八落，有的掀起后挂在光秃秃的枝头上。心里不觉惆怅，时间过得太快，又是一年。

今天画矿工的一间小房，里面的小彩电播放着令人生厌的相亲节目，四五个下班的矿工正打着纸牌玩乐，地上的煤灰被过往的摩托车飞扬起来，空气中弥漫着冰冷的无奈和平淡。

远在凉灯的于轶文在申话里告诉我村里近两日发生了一些不幸的事。前段时候龙双赢的父亲去世了，他年纪八十多，已病瘫在床上三年，双赢端尿端屎照顾，自己也错过了找对象的宝贵三年，尽了孝道，错过光阴，现在总算解放了。我本打算年前过去修改一张关于他父母的画，而今只能搁到来年春天凭记忆去修改了。昨天村里一个八十二岁的老头家里着了大火，全村人去扑救，人没事，房子燃得只剩下几根老木头。他早年丧偶，性能力极度旺盛，每月赶场三次都会去嫖，且时间久，土娼们每次都要加二三十块，老头大方，不还价，完事后定会来几杯烧酒，然后带几块白豆腐晕乎乎地翻山回家。几次都在赶场回来的山路上遇到他，讨教有什么秘方，他开条件是一条精品白沙香烟，三斤小角楼白烧酒。传说是草药在起作用，而这草药就只生长在他家的山头，且只有他才认得。到现在，我也没付酒烟，他也没给草药。他的风流韵事村里妇孺皆知。他还有一门专长就是捡瓦修屋，经他手修缮的屋顶，好几年滴水不漏，方圆几个村里的老寡妇都特好他去捡瓦，因为他不收费用，只管他酒色即可！现在房子没了，不知他晚上睡在哪里。

今天双赢的堂姐因难产去世了，幸运的是孩子保住了，是男孩！一年前的现在，她的丈夫去世，留下她和五个孩子，丈夫的哥哥单身，就和弟媳一起过日子，俩人恩爱幸福。今年夏天曾在她家画过一张油画，做过一件雕塑，还买过她的几只花鸭招待朋友。她和善勤劳，享年四十！留下的男孩将是这个做了一年丈夫的人勇敢坚强生活下去的强大支柱，因为在苗族，留后续香火是女人最坚定的理想，她完成了理想却失去了生命，这短暂的丈夫定是泪流满脸、悲痛欲绝的！

昨天有朋友来看我在凉灯画的画，他们表扬了我！我也好久没有翻看那些画了，尽管有好些不妥之处，但它们仍像在诞生之时一样暖我心窝，因为那个地方我时刻挂念。

2014 年 1 月 20 日

六个生命的故事

去年年底到今年年初，凉灯村在两个月之内死了六个人。对于寨子里的人来说，这突然的悲剧是从未有过的！

第一个去世的是龙双赢的父亲，他卧病在床三年多，八十多岁，身体虚弱，一直由快到四十岁的光棍儿子双赢照顾吃喝拉撒。一天，他吃面条噎着了，吐不出咽不进，村里会点医术的龙老师来看他，要双赢找小塑料管来帮助他吞咽下去，管子未找到，老人含泪匆匆地离世了。此后双赢的老母亲到了山江镇与女儿一起过。每次赶场村里人遇到这老母亲，她眼里总是湿的，总有说不完的话。她过不惯镇上的日子，可是她也回不来，儿女们都有自己的事，没有人来照顾她。双赢找了个三十岁左右云南籍的女网友，网友要他去云南打工，他便带着"希望"去了。房子上了锁，我的大画架还在里面，一张画着双赢父母的大画在现场也无法再作修改。

第二个去世的是龙金平的老母亲。在 2005 年 5 月我曾经给她画过一幅速写，那时她的背驼得还不厉害。那天她在村对面的菜地里干活，金平挑着一担空粪桶回家，再返回地里时，他的母亲已栽倒在菜地上，闭上了眼。曾经一间小土屋里住着他们母子俩，母亲住着黑蚊帐，金平单身，住着白蚊帐。平时母亲爱唠叨他不去挣钱娶媳妇，可是金平放弃在外打工，目的就是回来照顾老母亲。母子俩常为此斗嘴，以致金平想不通去年年初吞了农药，幸好被及时发现抢救，捡回条命，但落得个身体乏力，不能干重活，经母亲照顾，到年底身体略有好转，可没想到母亲走得如此仓促，金平更加孤单地守着那间土房。龙老师告诉我，法事做完的第二天，金平跑到坟前号啕大哭……

　　第三个和第四个是两兄弟，开始弟弟发高烧，用了些草药不见效，也不去医院，隔不了几天就死了，年仅五十八岁。十几天后，哥哥抑郁而终。

第五个和第六个是母子俩。这母亲是双赢的堂姐，四十岁，前年丈夫因病去世，留下五个年幼的子女。她丈夫有个独眼的哥哥一直单身，这哥哥非常勤快，并且尽心尽力照顾她们一家，后来两人就住在一起过日子。年底，她将临产，新两口子沉浸在新生命即将诞生的喜悦中。她没有去医院，认为自己生了五个小孩是有经验的，但未想到自己已是高龄产妇，这次是难产，很不幸仅仅保住了新生儿。这位短暂的丈夫除了悲痛也只有守着他唯一的后苗。更大的悲痛在后面，这个新生的小男孩在母亲辞世不久就夭折了。今晚在龙老师家里，这丈夫正在请龙老师帮他填写政府发的孤儿申请表，他忧郁的脸较去年暑假苍老了许多！为了弟弟和自己爱人的遗孤，他还将肩负更多的责任！

　　这六个生命都有各自的故事，起点到终点的长短不一，这或许就是生命的间距不同所造成的生命角色意义的不同吧！

2014 年 5 月 11 日

大自然的温暖

　　昨晚洗了个澡，睡觉很沉。早上红嘴灰喜鹊在窗外的枝头上欢唱了好久，告别前些天日夜不停的大风暴雨，迎来蔚蓝的天、白色的云。秋伏的太阳挂在黑屋顶上，天又开始热起来了，知了在青黄相交的树叶丛中应和着屋坪上打鸣的公鸡，石墙根边，苗民挑着沉重的烟叶，扁担压在肩上发出吱呀吱呀的声音，这声音落在我的心上，使我不禁感叹自然竟将这里的人驯服得如此淡定坚强。

　　今年的雨水比前几年都要充沛，水稻收成好，但烟叶喜干旱反而遭了涝灾。烟叶是这里仅有的经济作物，烤烟累人，这个阶段，要连续一个月时间到田里采摘烟叶，然后挑到家里上线挂杆，再运到烟棚日夜熏烤，且要把握火候，稍有差池，一炉烟叶就会全毁，几个月的辛劳就白费了。每晚都要有人值守探火，烟叶的大小成色决定着价格。有时看到他们清早挑个担子去田间，手里拿着两大块糊米锅巴笑着跟我打招呼时，总是心生怜悯，但更多是敬重。他们不会因为收成的不好而满面愁云，还是那样平淡地笑着说着，不得不说这是种力量。

　　这段时间一直在求全家画画，每次去都要路过一片稠密的玉米地，再经过两个烟棚。白天吸引我的仍是路边的秋色和鸟叫，但深夜画画回来路过烟棚时，苗民蹲守在炉口边打盹的样子让我心酸。火苗在漆黑的夜里隐约现出他们朴素的轮廓，这是漆黑悲凉的世界里些许的温暖和光明吗？

我打着灯走向住处，身后传来微弱的鼾声。

2014 年 8 月 22 日

凉灯十户

第一户　苗歌王和疯妇人

家里置了些新家具，贴了些鲜艳的塑料膜，那只花猫已经不在了，有一只黑灰色的小猫，地上放了一小堆表面呈粉状的黄色干咸鱼，锅里剩着鸡蛋炒韭菜，还冒着热气。疯妇人看见我，从碗柜里端过来半碗甜酒给我，我连忙拒绝她，因为这里实在太脏了，我有点嫌弃她；但我还是虚伪地说着"谢谢"，尽管她听不懂。她还记得我，虽然这两年来千潭的时间少了许多。

2010 年，我和老婆住在她家隔壁的希望小学里，我们煮了好菜时，老婆就会端半碗过去给她。有一次，谢敏他们过来，是冬天，她竟然送过来三个大红萝卜，意思是怕我们没菜吃。那个瞬间让我难忘。每当在路上或赶场时碰见，我们都会相互微笑。

一会儿苗歌王进来了，他的大酒糟鼻变得更大了，显然是病情恶化。他热情地跟我打招呼，我连忙剥过香烟，寒暄了几句，他就出门了。

第二户　新寡老太

一整天没画画，在村子里转悠，找构图。这人家前年画了一张速写，画的是老两口。当时也宁也在。去年老头去世，老太太现在身体不错，正在太阳底下晒草药。她的大孙子前两个月才结婚，狭窄的屋子里，摆设着一些新家具、婚纱照片、塑料花等。这户人家是可以画一张大画的。

第三户　一个可爱的好看女人人体图片的小老头

这户人家的老父亲是前年去世的。八十多岁，十分好玩乐观的小老头，喜欢看女人人体图片。我、老毛和于大师常给他看画册上的女人体，他很高兴，还学着那姿势摆给我们看。女儿回来的时候，他就赶紧装出一副十分正经的样子。去世前一个多月的样子，我买了些礼物去看他，他已不能说话。巨大的黑被子盖着他佝偻的小身子。我到他的床边，他也没有回头看我，只是他的女儿和老婆跟他说："小黄来看你了。"他细声"嗯"了一下。本来身体很好，还曾做过我的模特，只因摔了一跤，伴着发高烧，很快就去世了。

这户人家我有一张 2012 年画的夜景要作修改，只是房子里的东西有些不在了，头顶上的老黑木头换成了新黄木板，堂屋的正厅也镶了几块大红的瓷砖。

第四户　心病难医

四十多岁的光棍，坐在屋檐下，头埋在大腿上，屋前坪晒着谷子和几张棉被。我走到他跟前，他才直起身子说："小黄来了，我身体不行了，六七天吃不下饭了，全身无力，到山江医院花了五百多块都没医好。"我摸摸他的额头，发高烧，就嘱咐他说："没什么事，就是发烧，多喝开水，要吃饭，不吃饭就没力气。"他知道我是在安慰他。一个人过日子，孤单，加上身上有病，这孤单会加重，且会产生恐惧心理，这是我接触这里的光棍得出的普遍看法，心病难医啊！

第五户　吴建国

他今天七十大寿，子孙们都从外地赶回来祝寿。他见我在门口拍照，赶紧拉我进去喝酒。我客气了几句后，便坐在凳子上开始吃喝起来（他的子孙们我都不认识，喝酒有点唐突，但他们反复劝酒，加上自己也想喝）。

2007 年，我、罗飞林来千潭住了一个月，是他带我们在村子后山山洞里找到了"神仙粑"（一种泥巴）。这种泥巴可以用来做雕塑，当时付了五十块钱给他作酬劳。

我喝了两瓶啤酒便有些晕了。他拿出他的奖状、证书给我看，都是六十年代、七十年代的"文物"，我一一拍了照。

下午倒在床上睡了两小时。

第六户　老寡妇，高个子

她在坪上晒衣服，看见我远远地就打招呼。

她和善热情。我的一张大油画就是在她家完成的，只是还要修改。这一年，她老了很多。

第七户　岸金，憨厚直率

他不再是光棍了。四十岁的时候，他找了个年轻漂亮的寡妇，开始了幸福生活，只是没有摆喜酒，他说没有钱摆。他母亲仍在做苗族的高黑帽。我取笑岸金：你妈妈做帽子赚钱才使你娶了个老婆。

他的大侄女去年十八岁就嫁到千工坪去了，今年生了孩子；小侄女正在煮面，她已经长好高了，前几年常给我送萝卜、花生吃。我不客气地吃了半碗面条。

第八户　求望和真美的家

他们出去打工了，两个小孩也带去了，父亲在苗人谷旅游景区上班。门是开的，我进去了，他的父亲正在菜园浇粪，递了根香烟给他。

第九户　老吴的家，全村最有才气的人

他会雕刻，还给我写评语。明天他老婆回来，孙子也由他带，他不再像以前那样爱发脾气、意志消沉和猜疑，他开心起来了。

第十户　老龙的家

养了三只野鸡，每天上午送四只黑鸡到山上去，晚上又把它们挑回来，这鸡太舒服了。

满屋子的鸡屎味，养鸡是光棍老龙唯一的乐趣。

老龙吃上了低保，种了一块水田。前两年扮"土匪"与游客照相的工作已经不做了，因为千潭苗王洞已关闭。工作期间本可以与女游客"勾肩搭背"，这份美差却被迫取消了。

他耳朵不好使，要很大的声音才能听见。

2014 年 6 月 28 日

难言之苦

空巢老人的性生活怎么解决，这是大问题。

记得十几年前在深圳打工的时候，一次腊月，与几个朋友赌博，其间我问一个福建的朋友，过年给父亲带点啥？他说带了几本"龙虎豹"和几张"毛片"，因为出海打鱼之后就无事可做了。当时我不理解这番"孝心"，现在回想起来，他做得有点道理。随着农村里的年轻人几乎都出去打工，空巢老人除了衣食无忧之外便是孤独寂寞，尤其是寡居老人，精神上的伤痛要更重，他们缺的除了子女应给的精神慰藉，还有性生活。怎么办？我也无解！

千潭村一个年纪七十多的张姓老头，每次遇到我，总唤我黄先生，首先说自己没钱，然后说凤凰那条按摩街又来了几个年轻且身材姣好的美女，你们年轻人一晚上可干好几次，我们老了，搞不动了。他年轻时丧妻，儿女又长年在外，所以他常趁赶场卖只鸭子、卖担柴去行乐。

2014 年 7 月 2 日

我所熟悉的三条狗

我所熟悉的三条狗，一条在千潭，是母的，另外两条在凉灯，一条是公的，另一条还是公的。

千潭村的这条狗在狗群里最凶，尤其在下崽后脾气火爆，走路稍不注意，它就在背后开咬，寨子里有好几个人被它咬过。它主人姓吴，是两兄弟，哥哥年轻时就丧妻，膝下两个女儿，已在前年、去年分别嫁人，地方是离这十里不到的千工坪。弟弟已快四十岁，独身，在浙江打工，几年都没回来过。吴姓兄弟都好喝酒，为人都很热情客气、注意礼节，很遭邻里喜欢，只是家里摆设、穿着都脏破不堪，还有这条恶狗让人害怕。2010 年下半年，我们同住在村里的希望小学，他们俩住在我楼下，原因是村里修马路，将他们的地基占去一块，镇、村的补偿款拖了一年多也未下来，他们只好"霸住"公房表示抗议。狗也跟过来了。我老婆怕狗，我说你对它好，它就对你好。以后每次有些什么剩骨头、鱼刺之类的，我们都给它，它跟我们的关系日渐亲密，每到吃饭的时间就候在楼下的操场上。后来两兄弟拿到了补偿款搬回去了，狗也就走了，但隔得不远，校门对面就是他们的家，狗每次见到我们都会摇尾巴，伸舌头！

有一次，它的一条腿被另一条狗咬断了，走路瘸得厉害。我在赶场时会带些骨头回来给它，若它不在家，我就会等它回来再喂。老婆回家怀孩子的时候，它也怀上了，一窝下了五六条。前两年它经常会怀上，那时我大部分时间在凉灯，有时到千潭来，就看见它不是下垂个大肚子，就是一群小狗用嘴去叼它那几个又黑又细长的奶子。千潭公狗多母狗少，到春天发情期，公狗们为了争夺交配权，日夜打架，声音凄厉，响彻整个寨子。咬得头破血流、腿断骨裂也是常事，前年一条公狗就被咬死了。这条母狗常怀孕生崽便有了缘由。

这次来它没怀上，耳朵被咬缺了一小块，身上的毛也脱落了许多，露出深灰色的皮裹着那露骨的肚子，尤其那根对我友爱的尾巴只剩尾尖上还有点白毛。但它还是对我摇尾，尾巴像根干柴棒，颓废的样子像极了这里邋遢的老光棍。它老了，连目光都是灰暗的，一副有气无力的样子。在它眼里，我是不是也老了，眼神灰暗一副邋遢无力的样子？

凉灯前几年因为有只狗闹狂犬病，寨子里的人便将"可疑分子"全部打死了，他们也不敢再养狗了，只剩下这两条公狗，有点像电影《断背山》里的两个男人。

还有一只大黄狗，身材高大，相貌威武，属土狗里的上等品种，它是村秘书家的骄傲。它会上山狩猎，偶尔咬只兔子、竹鼠回来，惹得整个寨子的人对它评价极高，说它通人性听得懂人话，还顾家。有人出价两千，主人都不卖。它凶，但只在家里汪汪，一旦离家，它就怕人。

另一只是体型稍小的白狗，它在双赢家有五六年了，整日蜷缩着身子在门口晒太阳，也凶。去年双赢的父亲过世，三年陪伴在床头的双赢终于得以解脱，在四十一岁时网恋了一个云南女子，几经交流，他为了下半辈子的幸福奔去了云南，母亲也只好搬到山江镇的女儿家里住。双赢临走时将狗杀掉吃了，这样家里便没有任何牵挂了。

　　但那大黄狗就孤独了，我经常看见它徘徊在双赢家的门口，发会儿愣才走，那样子好失落！在这偏远的村落，找不到伴，它才是真正的"单身"。它不像我们可以串门说话，可以去外面找伴，甚至可以去解决性压抑；它呢，春天来了，找谁发情？它又不会手淫，又不会找人说话。它真是值得怜悯。因为主人不会将它卖给别人，加上村里人对它有着高度评价，更不会打死它，剩下就只有一条路——在孤独中死去。

　　三条狗，三种"命"。

2014 年 7 月 5 日

"话"凉灯

　　秋天的月亮像今晚这么雪亮是不多见的。凉灯晚上有些冷，小路边上虫子的叫声在或远或近处稀稀拉拉地响。走在一个月前的老路上，发现玉米地已经荒芜，路被草和枯叶杂乱地覆盖着。靠烟棚的那块地里生长着一片绿蓝的油菜，深秋的辣椒树正抓紧盛开白色的小花，以前的白菜苗长大了，在银白的月光下一簇一簇占满田垄。推开篱笆，下坡经过两堵土墙，再拐个弯，就看见求全家门缝里透出温暖的黄光，里面有人在拉家常。推开门，求全的母亲正抱着酣睡的小孙儿，妻子正在收拾猪草，一大背篓红薯藤放在旁边。求全妹妹回来了，正在给自己的儿子喂饭，她又生了一个，这次是回娘家来住一段时间。求全大儿子良海在饭桌边做作业，秋珍在火塘边洗脚。火塘里冒着烟，有零星的火光向上窜，在黑暗里，发出细小的声响。秋艳反复打量着我，我的到来打断了他们的谈话。

　　他们仍不理解一个既熟悉又陌生的画家为何在自己家里白天晚上地画好几年。我未问过他们，他们也未问过我。只是在前年，求全的母亲有一阵子很不欢迎我，说是不可以画她和她的女儿，还有她的孙子，有晦气。后来我尽量不去逾越她的规矩，才能一直画下来。

　　每天，阳光仍然会爬到他们的灶台上、碗筷边；无论他们过着怎样悲悯的日子，他们依然会在这块土地上早出晚归，忙碌不停，不喜不悲地操持自己的事务，时间终会使他们和我们一起流逝。在这里，我总可以摸到童年时劳作的农具，那种温暖无以言表，画起来也能饱含情怀，这种触碰让我幸福自信。十几岁离开出生的故乡——湖北天星堡村，十年前又回到另一个"故乡"——湘西苗寨。一样的土房，一样的稻田，一样的天空，不一样的是我已长大，变老。我和自己的灵魂在追寻儿时的脚印，走回头路，来到这地方，寻找他们对生活的敬畏，对生命的态度，感知这个家庭，这个村落，这个世界。

2014 年 10 月 7 日夜于凉灯

权益的交换

山江土娼的聚集地，我较为熟悉，2012年曾以此为题材做过调研、画过作品。她们大部分来自凤凰周边县市的农村，年纪普遍为四五十岁左右，大致分两拨：一拨常住凤凰，职业营生；一拨只逢赶场天来镇上做"生意"。春夏"生意"不好，秋冬要好许多，因为在外打工的光棍们到年底都要回家过年。常住凤凰县城的那拨人也趁着"好季节"跑到镇上来赶场接"生意"，就连卖春药的都跑过来。今天山江，明天麻冲，后天阿拉，过几天又是腊尔山，一场接一场，忙碌不停，有时候，光棍们竟要排队"解决"需求。在那昏暗狭小的木板房里，一套简单的铺盖，一个塑料盆，一个开水瓶，一卷白纸，木壁上挂着个微黄的灯泡，旁边挂着女人的小黑皮包。上帝赋予人类最精致的工具来做的最欢娱的事，便在这简陋的空间里开始了。久而久之，这里的每张床都有过不同的人，留下了不同的故事，若说这是历史，也是一段真实快乐的历史。

今天农历逢三，山江赶场天，像往常一样热闹人多，人们在拥挤的路上在吆喝声中买卖交易。我在场上拍照片，好记录这个镇子的变迁，当然能遇到几个熟悉的脸孔，我们会交流几句，显然我和他们一样在慢慢变老。

拍完照片，便与于大师、海洋跑到老头光棍们找乐子的地方去看热闹。门口站着几个肥壮的女子，不时逗着路过的男人，正屋里面坐了一排说笑抽烟的老头，前面和左右的隔间木房的狭窄过道里有人来回走动，还有人透过门缝偷看，不时发出声响，我在门边看着他们。

一扇门突然开了，一个黑衣黑袜的矮胖女人吃力地背着个男人走出来。开始我以为这男人喝醉了酒，寻欢后走不动了，我便跟在他们后面。胖女人背着男人到了正屋向门外走时，我才发现这个男人失去了双腿，门前停放的那辆残疾人电动车就是他的。胖女人把他慢慢移到车子的座位上，她脸上的汗浸着白粉，又气喘吁吁地进了黑屋。刹那间，我觉得这个爱释怀得太深沉太厚重，竟感动得哽咽起来！

当我们早已遗忘这一切的时候，至少他曾记得，是她给了他难得的"快乐"。

2014 年 10 月 6 日深夜于凉灯

新坟

中午在凉灯希望小学画水墨，对象是西边的山坡。我对它很熟悉，刚刚铺色，发现山坡的田里立着一座新坟，两个月前我去北京时都未有的，难怪昨晚去求全家的小石板路上散落着纸钱和爆竹，是谁家出了这不幸的事呢？

这两天我在龙老师家里自己煮饭，他大媳妇的外婆去世，他们一家去吊丧了。今晚他们回来，我问起这件事，龙老师说死者是村里一个年仅四十一岁的男人，又瘦又矮。我突然记起他，我们还聊过天，还一起烤火抽烟。今年七月，我背着画架在路上遇到他挑着一担烟叶时，他还给我让路。

龙老师给我述说了经过：一个星期前，死者和求全的母亲，还有另一个人一起去吉信镇两头羊村吃喜酒，回来的路上，他背着半蛇皮袋橘子竟坐在路边不动了，无论怎么叫唤，他总是不醒，等叫来医生时，他已去世。

他有两个儿子，大儿在浙江打工，小儿在山江完小读六年级。老婆几年前跟另一个男人跑了，现在在离凤凰不远的山村里生活（村邻说拐她的男人的父亲也是因为拐跑别人的老婆，被人在十年前捅死了）。

邻居赶紧给他安排丧事，同时电告死者的两个儿子和亲戚，还劝他老婆回来看他最后一眼。在柜子里寻找新衣作寿衣时，竟没有一件新衣，有人当晚从山江买回来给他换上。做了一晚的法事，将孤魂野鬼超度成"家仙"（当地风俗，如果在外面去世的，是野鬼，不能将尸体运到家里，并且不能上列祖列宗的牌位，只有通过做道场转换成在家里去世，这样才能成"家仙"，才有灵位，有来世）。死者生前节俭勤劳，留下两万多块钱给两个儿子婆媳妇。后来死者的老婆没有再去找那个男人，而是守着这个家和两个儿子；而他则埋在了上半年他种烟叶的山坡上。

2014 年 12 月 28 日

葬礼琐记

上午十点多，从凉灯二组下一个山坡到了一组，去参加一个老人的葬礼。带了画具，如果主人介意，我就不画。葬礼是我一直关注的题材。

今天天气寒冷，全村老少都在丧亲的那户人家吃早饭。我独自走到棺材边，四周和下方都点着香灯，几张红被盖着老人，还未入棺。棺木旁边生着炭火，十几把木椅散落在周围，守灵的人们就在棺木斜对面吃饭。一个眼里噙着伤痛的妇女用苗语问我什么，我听不懂，她就径直跑到遗体边放声大哭起来。望着她的背影，我心生惆怅。世间万物皆有始终，所有的哀怨都在记忆中堆积。

走到吃饭的地方，屋里挤满了人，他们头裹白巾，排了六桌。上几大碗肉炖白菜，几壶烧酒，大根的木柴烧火煮水取暖，火塘边也蹲着人，柴烟熏得满屋都是。半边刚杀的猪放在木柜下边，几只黑狗窜行在人群的缝隙中。中间堂屋正壁贴着红色的毛泽东画像、送子观音、财神福禄，等等，这是他们的信仰祈望；左边是年长者睡的黑色蚊帐，蚊帐对面是灶台橱柜，煮饭师傅忙着给吊丧的人们装饭打菜斟酒；右边是年轻人睡的白蚊帐，它旁边摆放着稍微新式的家具。这三个通间装着他们的衣食住行，待人接物的准则，还有他们的价值及信仰世界，这些都在里面体现并不断冲撞、打破、融入、延续。

我游走在房间里的各个角落，思考着这些东西应该怎样去表达。画具就躺在离死者不远的地方。龙老师说，她享年七十三岁，卧病三年，老公小她四岁，生有五儿两女，这种情况，在苗族，他们两口子是福命！

我撑开纸张，望着刚吃完饭的守灵人，他们围着遗体又开始失声痛哭，连劝哭的人也不禁落泪。哭声在村子上空飘荡，冬日的冷风吹动着地上的纸钱，见这情景，我眼圈也红了。年长者开始在棺内垫上黄裱纸钱，顶上方放着几片青黑色子瓦（当地瓦片的一种——编者注），再用白巾盖住，垫上被褥，等待遗体遗物进入。至亲儿孙们痛哭地托着逝者慢慢放入，新的苗衣鞋帽分别放在四周，他们再看最后一眼。乡邻们劝开儿孙，掌事者下令封棺，十几个抬棺的壮士们在一旁用粗草绳系紧棺木和木杠。一根长长的白巾从棺材前方直伸到至亲们的手上，他们头缠白巾，白巾的额头部点上一点大红。待一切准备就绪，掌事者一声吆喝，便开始起身行丧，爆竹震耳欲聋，纸钱沿路抛撒。全村老少在后面送行，且要送到埋葬的地方，吃上丧糖烟酒。

逝者埋在离家不远的山崖边一块刺杉林里，沿路弯弯，崎岖险陡，饮着烧酒的壮士们终于到达逝者安身之地。我是第一次来这里，虽是冬季，但风景如画。逝者的老伴儿早已用镰刀砍出一条小路，到春天，那些断开的荆棘灌木又会生出新枝绿叶，那将是另一个生灵悲欣的世界。

2015 年 1 月 1 日

归隐于山林，埋葬于山林，却是为了
听九叫声？！

你怎么多的"巴台、巴台"

免费的"生育权"

今天，一个年轻人跟我说："这几天免费办户口。"说完脸上露出幸福的笑容。

听到"免费"，我内心里却是苦的，中国人最爱听"免费"二字。2011年我调访了一百四十五户山江地区苗寨人家，他们绝大部分是我熟悉的朋友，调查内容为近十年详细的收支、教育程度、出生死亡、家境关系、田亩山林、牲畜家禽、身份信息等。每一户调查完毕后我都会让他们写一段感想总结，有不少人反映，计划生育工作人员比土匪还狠，除了上房揭瓦、牵牛取谷、捣厨拖车之外，甚至连地里没长大的辣椒黄瓜都要摘走。苗民重男孩续香火，繁衍子嗣是苗家女最重要的任务和理想，加上社保政策落实不到位，他们更相信只有自己的儿女才能给予安慰温暖直到临终入土。走访中，我开始理解那些平常"小气"的朋友——一些小钱对他们真的很重要，开始理解他们宽厚的"大爱"和懦弱，因为这样他们才能生活交际。

如今天上真是掉馅饼了，人们奔走相告，有些生了五六个孩子的不用再为巨额罚款而担忧，不用再东藏西躲，不用再反感外人到自家落座，他们可以挺起腰板，可以将前夜借来用作罚款的钱退还给亲朋，可以将多余的钱在赶场天买几块豆腐几斤肉，还可以多喝几杯苞谷烧（苗家的一种烧酒——编者注），可以将多余的钱用作娶媳妇、教育及更好的人情往来……外出打工的，在家拖儿带口的，挤满了镇派出所的户口室，不知道谁说这政策以后可能要变，苗民们就赶紧抓住这难得的"福利"，生怕这"福利"会随时溜走。

然而，政策宽松后，"盼儿心切"会加剧，也会加重自身的负担，更会加重年纪大的光棍们的心理和生理压力，他们会有一个攀比心态，谁谁都有儿子了，自己还是单独一人。那些已婚有多女的家庭也会存在这样的心态，无形中带来的是留守儿童的教育及父母的关爱问题，留守老人的负担问题，等等！怎么办？我也不知！作为一个艺术家，这些关你屁事，但有人说：艺术家应该有社会责任感，即使他没屁用，但总可以把周围熟悉的人和事说出来吧！

2015 年 10 月 29 日写于猪槽坑，阴雨冷天

看望龙丙元

在凉灯的黑夜，我陶醉在白色的书本里，里面人物的喜悲曲折，令人回味惆怅。

这次来凉灯，发现龙老师已把家搬到了山江镇，他这个学期只在凉灯希望小学上了十天左右的课，由于学生太少，自己的身体又不好，所以既然镇上盖的楼房也已落成，索性不如搬走。经山江学区老师与凉灯村学生家长协商，这些学生统一前往镇小学入读，并安排生活老师进行照顾，周末他们每人花五块钱坐车回家。龙老师和我是老朋友了，自2003年开始，只要来凉灯，就在他家吃饭安顿。现在他一走，我便不知在哪家吃饭，生活在各方面都不便利。第一天在显声家吃，第二天到龙丙元家说好生活费，他们家比较热情，很客气地答应了我。

龙丙元自重阳节摔倒在屋坪上之后，说话不清楚，大小便不能自理，只能躺在床上。半边黑帐落下床沿，床前是火塘，火塘前面是灶台，灶台前面是黑屋里挤出的透着黄光的木窗，木窗下面是屋坪，屋坪前面是整个晶黄村落、灰色远山及外面纷扰的世界。他感到自己来日不多，望着窗外，要老婆打电话让孙子、女儿赶紧回家，陪伴他走到终老。每到饭熟的时候，我端着碗筷望见他悲伤的白脸枕在床边，如火塘里快燃尽的柴，只剩下一截白灰，一缕断续冒着的烟。这段时间都是阴天，白天太阳一点都不露脸，晚上也没有星星月亮，只有呼哧哧的风。天气干旱，原来求全家旁边的一口井一晚上能够渗六桶水，现在半桶都没有了，全村只能到村口大凹地的那口井去取水，可水质很差，洗衣净物等都是这口井。村里人都是一大清早去取水，我是半夜去取。几乎每年的夏秋交接时节，这里都缺水。

我喜欢这里的风景人物，却可怜他们的生活条件。龙丙元生病，村里的亲友都来看他，有些眼圈湿润，有些低头坐在一边。沉寂一会儿，他们开始有说有笑地坐在炉边烤火。我问他们为什么不将他送去医院，他们说前几年已经在凤凰县医院住过，但治不好，回家瘫在床上还好些，年纪也近八十，可以安稳地走了。难怪龙丙元曾对我说，他想买些安眠药了结自己。

过了三天，他的大女儿女婿和二孙子从浙江回来了，他们忙着帮他擦洗换衣喂水，这几天，他的身体又恢复了些，有时还自言自语地说：别忘了帮"黄大师"（当地人对我的戏称）煮饭。大女儿带回来一本自己儿子儿媳的结婚相册，给窝在火塘边的亲友们传看。她膝盖有伤，自己从山上找来几块树皮捣烂敷在膝盖上，用宽透明胶裹布缠好患处。她说自己身体不好，年纪也大了，不想外出打工，想回家，家里舒服自在，不受人管；但回家就意味着种田，可种田除去农业成本，一年到头挣不到几个钱，更是难以应付家里的开支。

凤凰的旅游带动了山江镇的物价上涨，生活成本包括婚姻成本飞速增加，苗族人的价值观发生了巨大的变化。旅游开发并未给原住民带来实惠，利益被政府和承包商拿走，反而加剧矛盾，人与人的信任严重缺失，邻里宗族的关系裂缝逐步扩大。政府的精准扶贫难以精准，补贴的惠农政策及配套措施难以跟上，原本在外乡打工缺少安全感想回家创业的人回乡之后又不得不返城务工，"村里村外"得不到温暖实在。人们的心态浮躁难安，幸福安康的社会目标就如一面浮在乌云线上的旗帜。

二孙子请假回来照顾爷爷十二天，今天要背着塑料袋回浙江打工了，临走前，从口袋中摸出三百块钱交给母亲。我要给母子俩拍张照，他们谢绝了我。他拍了张单人照，三十岁了，没有对象。

拿着《老生》，望着窗外的浓雾，书里书外的人物几多相似。我们在跌跌撞撞中忘记了自己的容颜，来不及喜悦，直到皱纹满面，回看今生，土地已在等待我们回归……

2016 年 10 月 16 日

安金的老父亲

他躺在陪他多年的老木床上，黑蚊帐被儿子卷在床两头，红花的被子盖着瘦弱的身躯，露出白黄的脸，喘着粗气，呻吟着。堂屋正墙上贴着缤纷多彩的画片，在这悲剧的大空间里，这些鲜艳的颜色像是某种召唤。他重病十几天了，在外打工的儿子儿媳都回来了。八十四岁的他，舍不得花钱去医院检查，即使农村合作医疗保险能够报销一部分，他也舍不得。家还是昏暗的老土房，小儿子六个小孩尚幼，大儿子在外打工工资低，他生怕给后辈们增加负担；再说，他觉得自己这把年纪可以走了，而且是家人都在一起的时候送他离开，去另一世界，他知足了！床的对面是窗，窗下放着准备了几年的寿房，还结着蛛网，光落进来，照亮了寿房的一角。当一个人想好自己的归宿时，他便不再拒绝和害怕死亡，信仰也变得不重要。

去年冬天，他身体还好好的，我们一起烤火，有说有笑，他还从棉衣口袋里摸出白沙烟给我抽。

今晚要把这半个月在猪槽坑画的画，全部运到千潭。做菜的大姐下午说好了要留我吃晚饭，我跟司机珍亭说：那位病重老人的小儿子安金会来找我，我们搬完画，在这大姐家吃饭并等他。当我再次返回这儿吃晚饭时，大姐说刚刚安金来了，没看见你，又回去照顾他爸爸去了！我吃完饭，去安金家，老人仍躺着，黄灯下，两个儿子坐在饭桌边，两团沉重的黑影。他们刚吃完晚饭，桌上摆着两个白大碗，一碗西红柿酸汤，一碗干辣子拌老黄瓜。我说明来意："给你介绍东书房成长公益（学者于建嵘发起成立——编者注）一对一助学，我会电话转述你的情况，再把朋友的电话给你，你与他们联系，并把资料传给我的朋友即可。"安金听了很感动："我负担太重，爸爸生病也没有钱治，我饭也吃不下。"说完，眼里含着泪。在这黄灯的阴影里，我心酸起来，又望着他的父亲，我多想走到床边去握下老人的手，尽管老人不能动又不能说话，但我怕他不记得我而影响休息。

安金曾看过我画画，我们还聊过天，但他没有说自己有多苦，是我今天下午四点左右去他家画一张小画时，才知道这个病危的老人是他父亲，才知道他有六个年幼的孩子。

大姐打着手电来接我，回到她的家，我要她帮我转交一点钱给老人……我心里平静了些！

我和珍亭拉着最后一张大画和几幅小画，还有画架、调色板，驶向千潭。路上又遇到葬礼。卸完画，珍亭要送我去山江，我说不用了，我想走回去。

沿路漆黑宁静，夜空有亮晶晶的星子……

2016 年 9 月 1 日深夜

淋雨

雨越来越大，我拎着一块大画布，背着包，包里放着中午的干粮和热水。老婆跟在后面。雨水淋湿的石板路映着白光，不留神易摔倒，但每一步都可以踏在有落叶的石板中间，那样走起来就稳当多了。尽管雨大，但这一路秋冬相接的景致，我不会放过。紫色的远山，近处红黄的丛林，田里枯褐的草垛，被一夜的冬雨染成了清新的冷色。被割后的稻秆间，灌林野棘里都生起了春似的草绿，土地就是这么神奇，它闲不住，岁月允许它挽留更多的生命。一阵冬雪过后，唤回更多的生灵鸣叫和蠕动，春便回到眼前。晴天，阴雾，雨季，每天的光亮和温度的不同带给人的感觉也不一样，只要用心去品尝，你会把生命的意义都搭进去。

步行约半小时，到了昨天选好的一户人家，门却上锁了。昨天跟他商量好的不锁门，听邻居说他赶场去了，下午两三点回家，之前他等了我们好久。是的，我们来得太晚。老婆身上发冷，加之全身都淋湿了，我们就急匆匆地赶到上次画过的那户人家烤火。老太太正在挑拣大米中的碎谷壳，儿子龙洪茂已到场上卖米，火塘没有火。她很热情，见到我们落汤鸡的样子，赶忙从灶台边拿出干柴生火。屋檐上的雨哗哗落在石臼里，加重了寒冷气氛，这样倒好，烤起火来舒服暖和。

记些日记，有老婆在身旁，也不像以前那么孤单。把这些天的作品拿出来比较，谈些意见想法，追求进步。我们在火塘这边烤火，老两口在灶台那边，老头在打盹，老太忙完拣米，又去灶边补缝衣裳。火在灶肚里，冒出缓缓的细烟，灶上零乱摆着碗筷，橙黄色映在他们佝偻的身躯上，在这昏暗的屋子里，他们厮守着这零星火光。这情形，这安静的雨天，有这样的邂逅，仿佛照见了我们垂垂老来的样子！

雨一直未停，我们借了斗笠和雨伞，背着包去新的工作地点。绷布，取构图，准备下一张大画。

2015 年 12 月 4 日冷雨天

聊天

晚上围着火塘与村民闲聊。临近过年，他们从外地打工回家，相互串门、烤火、拉家常。我的画框摆在一边，画一阵就要凑过来取暖。

他们的地大部分都已荒芜，不敢种，也不能种，一种就亏本，不算劳动力，只算种子、肥料、农药等成本，这点收入根本养不了家，只能出去打工；在家种田的都是中老年人，他们可以在镇上打点零工，搭着种田，还带着孙子，维持着家庭基本的开销，稍有力气的都在外边。这就引起连锁反应，小孩子根本就不听爷爷奶奶的话，老人们也管教不了，只能保证他们不挨饿受冻。孩子在学校厌学，小小年纪就上网吧，这里的网吧对上网的人没有年龄限制。昨晚半夜，我在回家路上还看见六七个小孩往网吧跑，他们经常玩通宵。父母在外打工赚钱，却丢失了对孩子的教育。当然，也有带孩子出去的，上当地的学校，但必须具备"八证"才能入校。即使进去了，也有很多人"水土不服"，两口子也只能一个去工作，另一个照顾孩子。无形中，面对几张嘴，生存压力巨大，到年尾，只余下少得可怜的钱回家。到了村里，有人带了很多钱回来，有人开着小车回来建新房，人固有的攀比心会立刻生出来，不如别人的自然会感到失落无望。家里没有长远规划的，可能就会把孩子再次交由父母照看，两口子年后出去挣钱争气。

孩子一天天长大，他们得不到好的教育，又没有好的谋生技能，只能跟着父母，成为"农民工二代"。这边的父母除了付出子女的教育费用，还要考虑他们的婚姻，甚至新房，而这里的结婚成本非常高，攀比之风盛行，男方结婚至少要准备十三万左右，包括彩礼七八万，有时多达二十万。你对亲家说少点吧，亲家会反过来说邻居的某某彩礼更高。况且本地男人喜欢找本地女人，有安全感，外面的女人嫁过来，虽然花钱不多，但有的过不了这日子，没过多久就跑了。这里的人极爱面子，宁可贷款也要帮儿子风光完婚，大方的娘家可能会打发一辆五六万的车；但这车没有实际用处，山江镇接活的面包车已经非常多了，划算起来，不可能作二手车卖掉，也不可能去揽活，只能放在家里。新的两口子年后就要出去打工，好挣钱还结婚的贷款。不久小孩出生，前面的情况很可能会再次重演。

　　村民跟我说，政府应该加强管理，一不准小孩上网，二不准要过多的彩礼，三要在这里办几个企业，这样才能化解很多矛盾。我说第一条应该从严管理，加强师资专业能力及道德规范；第二条管不好，也不该管，充其量能作引导；第三条不是政府说了算的。

　　近两天，我画画的隔壁，有户人家清理房屋，在门口燃烧了大量塑料，气味刺鼻。田地山沟里有很多不能化解的垃圾，农村污染已经很严重了。

在我们这个社会，有些人做事一切为了钱，结果乱了阵脚，忙忙碌碌，没有方向，没有价值体系。

此时，我们该重建什么？

2016 年 1 月 21 日

腊月山江镇

每年最后两个月是山江镇最热闹的，集市铺面的商品年货满地堆放。今天是赶场天，一大清早，货主们就摆好摊点，肉贩子们更是早上四点就杀好年猪，肉价比平时每斤上涨三块钱，鸡鸭鹅挤满了狭窄的巷道，主道两边挂着五彩衣鞋，路中间穿梭着人流，街头巷尾到处是营生的欢笑，就连算命打八字的也比平时多。

那些忙着年底完婚的苗家人忙着采购衣物、棉被和食物。市场上还活跃着一帮子眼睛像小偷一样的青年人，专"偷"女子的心，他们还未找到对象，忙着"赶边边场"。现在不像以前约好在草垛旁或山沟小溪边谈爱说情，"下手"的第一步便是向貌美的女子索要电话，以便微信联络；有缘的约好去K歌，感觉深些的，便到镇上开房，再慢慢步入谈及组建家庭。当然你得懂而且得守规矩，如果女子已有男人，就得小心别人背后捅刀子，以致引起一场群殴恶战。这种打架几乎每年都有，所以要胆大心细，才能追到姑娘。这里的男人好赌，吃穿不讲究，赌起来却可以将内裤底下的钱拿出来押"牛头"，玩牌九。好多人辛苦一年的工钱在一天之内输个精光，年后再借盘缠外出挣钱。大凡这种人都是光棍，或是打工回乡的年轻人，赢了钱，就在市集小馆找个大奶肥臀土娼寻乐子。

到了黄昏，街上的人群逐渐散去，深夜的冰霜缓缓袭来，他们走在故乡熟悉又陌生的山路上，走回那个结着愁怨和温暖的家。

2016 年 1 月 22 日中午，山江

我的两顿饭

今天的早饭吃了两顿，一顿在千潭的寨主家吃的，另一顿在同寨的吴有保家。

昨晚，寨主就说："你来了十几年都未到我家吃过饭，明天早饭一定要来，没有腊肉招待你，因为家里腊肉在老家寨的姐夫家烤的时候全部烧了，就在二十几天前，一整头猪，幸好发现得早，屋子也高没烧着。"

早上十点，他准时电话邀我。到的时候，饭菜已上桌，他的老婆在火塘边给三个孩子做蛋炒饭。这个寨主勤快节俭，会做精致的铜镶木烟杆，前几年还在一部苗乡主题电影中任主演。千潭四年前旅游火热，游客都在他家用餐。近几年，村寨新房建得多，政府修建的大牌楼和苗王洞前的苗歌场木楼一直处于闲置状态，苗民并未在旅游发展中获益，寨主家也没有游客来吃饭了。他只好另谋生路，到村口对面山上养羊，养了几十只。可本地人不喜欢吃羊肉，说膻味太重。羊卖不出去，被迫转投镇上苗族博物馆打杂。晚上经常喝醉，大概是与家庭的琐事和自己职业的变化有关吧！

吴有保跟我很熟，在他家画了很多画。他性格倔强，有些清高，会写字对仗、雕刻菩萨、修理农具，还会看吉时天相，是村里的才子。儿子儿媳昨天从外地打工回家，今天清早就杀了喂养一年的猪。院落里到处淌着冒热气的猪血，小屋子里挤满了有保接过来的邻居，木门角放着几桶苞谷烧，堂屋中间放着六套高矮不一的桌椅，灶上的几口大铁锅热气腾腾，里面煮着刚杀的鲜肉和猪杂，锅边摆着几大碗刚磨好的干辣子。灶肚前、火塘边坐着老少爷们，他们的脸被火映得通红，尽管火已烧得很大，有保还是不停地添柴，平时节俭的他，现在要为儿媳"添财纳福"，同时也表达自己对乡邻的热情，这是他屋里最喧闹欢喜的时候。小儿子给他买了新手机，声音大、数字大，烤火时他还得意地放出声音给同乡听。还有新皮鞋，说这是他女儿买的，是这辈子的第二双皮鞋。我看见他难得露出笑脸的样子，心底为他高兴。其实，他并不希望儿女外出打工，害怕失去他们，每逢年后或节气，都是他最痛苦的时候。有一次他老婆也去了浙江，留下他一个人，他跟我说，他们不理我了，我也活不久了。我竟无法安慰他，为了生活，谁都要出去劳作，但老人对亲人的思念难免会更强烈些。在这偏远的山寨，这些留守的老人怎么去想这世界的变迁所造成的情感孤独呢？写到这儿，我突然记起待在故乡的父母，同样在山村，他们也会像吴有保一样吗？

下午在千工坪的岩板村画画，这户人家也来画过多次，想不到，在我的画快结束时，女户主竟对我号啕大哭。她说："老公天天在外上网赌博，吃完早饭就走，晚上九点多回来就上床；今年出去打了几个月工，没有带回一分钱；他又不让我出去挣钱，怕我跟别的男人跑了，还跟大女儿（已嫁）说我不守妇道；因为家里要开支，我偷偷去麻阳帮别人摘橘子，平均每天能挣八十块钱，今年一共去了三次，每次带回家的钱，他都半夜给偷去赌了，说他偷，他还不承认；快过年了，年货都买不成，要他去山上砍柴，他说太冷；他父亲八十多岁了，还在山上捡柴回来，我说你父亲这么老了，身体又不好，你年轻，怎么不体谅他；我经常坐在床上哭，哭自己的命不好，怎么会遇到这样的男人，还过了二十多年。"

说完，又指着火塘上的几块腊肉，说是女婿前几天送来的。她又开始哭诉起来："我只想离开这个家，离开这个男人，一个人过，一个人去挣钱过日子。"

我说："以前没听你说过啊？"

"因为以前跟你不熟。"她抽泣着回答。

在这些寨子里，历经他们的冷清孤单、热闹欢聚，还有各自的命运变化，把他们的悲喜都记录下来，是我热心的事业。

2016 年 1 月 28 日

贤周的梦想

昨夜的风呼噜噜地吼了一个晚上，早晨，大雾慢慢退去，光秃秃的枝头上叽叽喳喳地停落着许多麻雀，寨子又恢复了平静。屋顶炊烟袅袅，天气又暖和了些。

贤周今天下午又来找我，昨天摔坏右脸的红肿处还渗着血，他向我问及办理残疾证的事，边说边从深灰色、沾着油脂的裤袋里摸出一把糖果瓜子给我。婉拒的心思被他真挚的眼神打退，我伸手拿了几粒糖，对他说前几天忙，晚上询问凤凰县的朋友后再告诉他。

贤周患有癫痫，不定时地发作。2012年夏天的一个午后，天空湛蓝，大地碧绿，他摔倒在自家水田的蓄水坑里，脸趴在淤泥里，双手被水淹没，伸出几个指头。身上的一只土蛤蟆惊吓地跳入泥沼中，向着那幽暗的稻林深处蹦去。他应该是在发病时，正面扑倒在地的。我赶到时，好几把稻秆被他的身体压着，上面黏着发干的乌泥，四周围着小孩，稀奇地望着快死了的他。我从水坑里将他搂起来，让他躺在田埂边的青石板上，浅褐色的泥水立刻往那个人形坑里流，水面上有沁白的稻穗花和挣扎着的细小绿虫。空气中是绿稻子的香味。他的脸、手惨白，衣裤上的稀泥水从石板上流淌到旁边的水田里，发出滴答滴答的声音，有点像钟表走动，这声音让人感觉生命的始终在瞬间绽放，又在瞬间枯萎。顿时，我心生些许的恐惧。旁边有人打来一大桶水，我先清洗他嘴鼻里的黑泥，再用手指抠出他口里的泥巴，他的两排牙紧紧咬着泥和我的手指，指尖仍能感到舌心的热度。掏洗出几大坨污泥后，他长长地喘出一口气，脸上立刻泛起浅色红晕，眼也慢慢睁开。蓝的天、肥绿的稻子、熟悉的鸡叫，还有空气里弥漫着的果子味和野草的芳香，他的泪珠子从刚睁开的眼缝里，顺着颧骨滴在头边上青石板的泥水凹里，他坐起来号啕不已，这时他的父母也赶了过来……

受到病痛的折磨，加上对当地政府的不信任，他成了凉灯村有名的"愤青"。他相信党的英明决策及精神，并认为"全心全意为人民服务"是党的宗旨，不是空话。他能背诵党章和十七大的全部内容，所属各级政府、中央纪委等投诉上访电话他都记在小本子上，如果他觉得政府对他哪里不公或是哪个公务员接待不礼貌，他就说出党章来质问。为了得到山林田亩和低保户国家补贴的详细政策，他用尽各种渠道拿到数据，大到上万，小到几分，并都铭记于心。有时画完画走过他家后面，总能听到他用那不标准的普通话朗诵党章或新闻，还念念叨叨地做笔记。他虽只上了小学五年级，但好学，常叫我批改他的作文，做事也极认真。有一次由他和八十多岁的龙丙元统计电表度数，他上身着军绿的单衣，左上口袋挂着一只黑色的水性笔，深色裤子，脚上是干净的解放鞋，手拿着小纸本，他认为那样子就是处事的基本态度。

凤凰的朋友告诉我申请残疾证的手续步骤，我转告了贤周。但村支书说办了残疾证，低保就得取消。贤周红着眼要我想办法，我说："我一个画画的没那么大本事，你得自己去争取。"

　　接连几天，他总是来找我，还常挡住我画画的光线，有时天刚亮就打我电话。我有些烦，但又要耐住性子听他说，并尽可能地尊重他，因为怕他的病情发作。村邻觉得他太较真，太理想化，总认为他不太正常。但他觉得世界是公正善良的，对错分明的。他会据理力争自己的权益。在这点上，我又敬佩他的勇敢。

　　每次遇见他，总想畏缩地"逃走"，倒不是嫌他麻烦，是觉得自己在他面前是非对错不那么明显，我应该是被各种老练世故牵绊而变得混沌一片，忘记了什么叫坚持。

　　冬夜，几根枯树枝上星光微弱。看到他的凄苦，也怜悯这个社会和自己。

2015 年 1 月 5 日于凉灯

双赢与显生的期盼

没有风，天空灰白，小雨淅淅沥沥，安静地下着，像一曲轻音乐，也像这寨子里的人一样平淡安逸，既想不到忧伤，也想不到快乐。

落小雨，寨子的人可没有闲着，他们要赶着时节，逢着土壤潮湿，戴上斗笠，披着棕篷，背着竹篓，上山坡栽种烟苗、辣子。今天屋里的光线太暗，我昨天的油画便要暂停。

龙老师说双赢就要回来了，他把云南的小店转让出去就回家。他喜爱的那个姑娘已回到山江，姑娘带着一个五岁的女儿过日子，之前在广东打工为一个男人生下的，后来男人与她分手，她只好回到家乡。双赢去年与她在网上结识，互有好感，她也来凉灯"实地考察"过。令人尴尬的是，她同时喜欢上三个单身汉，除了双赢，还有金平，另一个我不熟悉，且都是凉灯人，都是四十岁左右。她说：只要不嫌弃女儿，安心跟她过日子就行。可双赢与她见面后，称她并没有网上那样漂亮，皮肤也没那么好。

隔了一段时间后，双赢认为再不抓住这个机会，以后便没有机会了，于是双方又开始有了感觉。

说完双赢，再说显生，他从武汉回来不久。他在武汉与金海两口子合作开了个卖湘西炒饭的店，就在湖北美院附近，可生意不好，仅仅能保本，想卖些香烟酒水增收，旁边的超市老板找茬，说是抢了他的生意。显生这次回来主要是看望两个女儿，老婆去年就跑了，留下一个一岁多和一个七个月的孩子。她觉得和显生没法过下去，要去寻找自己的幸福。显生为此哭过几次。回家之前，他去浙江找老婆，可她下了狠心，绝不回头。显生长得壮，爱酒，他每回端杯，脸上就泛出忧愁。我住的希望小学对面就是他的家，经常在半夜听见小孩的哭闹，这声音浸到心里，让我看不到对错，也看不清情感和生命责任的边界。

男女相处结合就是找个伴过日子，然后生育儿女，开始营生家庭，然后慢慢在不孤单的历程中逐渐老去，这样算是完整的人生。但是感情的认识度会随着人的境况与年龄发生改变，不必用道德去衡量情感的曲直。

平淡的雨声讲平淡的故事。作为我，在这风景中，在他们黑暗的屋子里，寻求一些光亮，一些感想，一些寄托，一些我对人性的理解，再把它们揉进我的作品里。这便是我的日子。

2015 年 5 月 3 日于凉灯希望小学

显生口袋里总会揣着一包好香烟！还有一包槟榔！干瘪的

那年的冬天，我们在山上打鸟。鸟丰打一只，只觉心忙

新鲜的足罕。

葬

太阳歇在山顶，芦苇招着手，金色染尽山丘上的丛林，到处是沁人心脾的稻穗香。

我包的小车从山江镇出发，一路抖抖索索地行在山间石路上。路过千潭附近一小片松林，以前是系耕牛的地方，现在新堆了一个墓冢。彩色的花圈，土黄的纸钱纷乱地散落在褐绿的杂草中，像是在诉说秋的悲凉。司机珍亭告诉我，死者为四十多岁的吴姓男人，常年在浙江打工，生前患有重病，自己感到时日无多，插着氧气管，租了辆车千里迢迢赶回家，回家没几日，便落下心意地死去了。远行定会归乡，在这里安葬，有熟悉的亲朋，熟悉的味道，熟悉的天地。

这里的苗族丧葬很讲究，大姓都有自家的葬区，杂姓不得混埋在一起，自家的葬区又各自讲究风水方位和时辰，意外死去和病终离世的也要分区，否则会有晦气相缠。有时个别外姓逝者要占用某大姓人家的田地，需要互相协商，如有分歧，会有专人调解或以另外的方式补偿，因为"归根"是逝者最后一个庄重的心愿。

一个月前，凉灯终于通了粗石公路，车子行在山崖上，前方的耀眼阳光往往会令人忘记身处险境。那些镶着金边的石块和树丛、草叶，那些稀稀拉拉的虫鸟鸣叫声，那些从不远处传来的打稻的声音，都使我们像是落入了另一个平凡的世界。

到了村口，求全和他的大儿子良海正在大木仓边打稻，两个人的脚同时踩着踏板，双手抓着稻穗转动，声音协调。良海长高懂事了，显然他可以慢慢接过家里的担子操持家务了。

阳光拉长了稻草堆和这对父子的影子，此时我想起去年在北京个展上的发言：智障母亲正在照顾她的另外三个孩子，公鸡们正打着鸣，秋色融进整个寨子，阳光照耀着他们和我们的生活。不管那块土地收成如何，他们都会迎着金色的太阳热情地耕作。在以后的日子里，我仍会挑着颜料画框踏实地走在通往梦想的地方。

路上人记着路边的景，路边的景记着春秋。

葬，是终点，又是起点……

2015 年 10 月 2 日深夜于凉灯

秋珍生病

外面散落着雪子，打在瓦上咚咚作响。天气寒冷，秋珍已躺在床上几天了，她患有蛔虫病并发着烧。昨天奶奶去龙老师家拿了一包儿童退烧药，还从赤脚医生那儿抓来八粒治蛔虫的白色药丸。回来时，天色已暗，奶奶端着开水去喂她，她很难受地爬起来，刚吞进去，又吐了出来，反复两次，总算将药丸吞服了下去；再慢慢蜷缩进暗红色脏乱的被褥里，大块黑色的蚊帐压挤着她黄白的小脸，目光无力地看着门外正在发黑的天空。

秋艳和弟弟良伟围着那油渍乌黑发光的方桌打闹着，智障母亲在新修的灶台边淘米，灶肚里的火无精打采地燃烧着。奶奶喂完药后，背着竹篓出门，打算赶牛回家，求全也不知去了哪儿。黑夜缓缓走来，还得等上一会儿，他们家昏暗的黄灯才会亮起。

第二天上午，我拎着画框进门，赤脚医生正准备给秋珍打针。针头发出寒光，秋珍见状便哭了起来。奶奶脱开她的裤子，医生俯下身子，一针扎过去，很快就结束了。奶奶抱着她又回到那黑色的蚊帐里去。医生走时对我说："你观察她两小时后有什么不舒服，再告诉我。"我应和着。

下午，求全和奶奶都已上山砍柴，家里剩下智障母亲、床上的秋珍、哭鼻子的良伟和躲在灶台边的秋艳（因为她将家里仅有的半瓶酱油打碎在火塘边，怕妈妈打她），还有在角落处画画的我。智障母亲开始给秋珍喂饭喂水换衣，一边安慰良伟，一边责备秋艳，还打扫着摔碎在地上的酱油瓶，又用白柴灰盖住黑漆漆的酱油。

时间到了黄昏。冬日天色暗得快，调色板上的颜色画在布上看不清，只能摸索一阵，再拿到门外看画面关系。我正忙碌着，抬头见到村里的巫师走进来，手上拿着一把香烛纸钱，他那枯干的脸和瘦高的黑影压得我心打寒战。

他是村里唯一的巫师，一个极端自信的巫师，一个十分勤劳的巫师。传说他的母亲是这一带有名的"草鬼婆"（下蛊的妇人）。他早年当过兵，退伍后大病一场，不就医吃药，就凭自己的法术、草药治愈了；之后，村里妇孺皆知他乃"高人"，加之"巫"德高尚，邻里有事便请他，做法事抓草药收些许的回报即可，他也十分尽职投入。可不幸的是，他的大儿子三岁和小儿子两岁时，因为发高烧，吃了父亲的草药未治愈，也不送去医院，最后都相继夭折了。

我住在希望小学废弃的教室里，他的家隔学校一堵墙，院子里总是堆满了柴，大门正上方挂着一块八卦镜，坪落收拾得十分整洁有序，我经常在半夜还听见他剁猪草。他总是一个人过日子，老婆常年在浙江打工，独女早已出嫁。

话说他进求全家后，先是找来一只碗，再盛上水，放在方桌上，点上香后，面对那只碗，口念词咒，一会儿，用牙齿咬断长香烛，将短烛放至碗中，纸钱点火后再放入碗里烧灭。念叨一阵，然后分别在火塘、堂屋正壁、灶台前后、大门左侧，最后在秋珍床下放置燃烧的纸钱，手端刚才的那碗水，念一阵，含一口水，再向秋珍吐去，脚也在跺，接连三次，意为驱赶附在秋珍身上的鬼怪。屋里弥漫着香烛纸钱的气味，那一刻既庄严又神秘。奶奶扶起秋珍，端起那碗水喂给她一大口。约五分钟后，法事完毕。巫师给奶奶交代几句，便庄重地头也不回地走出大门，好像认为这不过是小事，无须担忧，鬼怪被他的法术吓得早已躲到远处的山林里面去了。奶奶在身后一直道谢，然后又看了看我，眼神含着谅解，原因是，在上次秋艳去医院前，她曾打着手电跑到巫师家问询如何决定，我到她家后，果断地说绝不可信任巫师，今晚一定要去医院。

巫师走了不多久，赤脚医生被奶奶再请过来，给秋珍打针喂药……

寨子这几天天气寒冷，本是有月亮的天空总被暗灰的厚云遮盖，有时发出几道奇异的光。走在黑乎乎的石板路上，带着祈祷回到希望小学那间杂乱的教室，里面放着我的住行，我的梦想。

2015 年 1 月 9 日于凉灯

次辑

日志：
时钟在走，你一直在远行

风·物

2007^年

2007.05.03

月已去，天漆黑，大雨狂风作，乌云盖山头，虫鸣犬吠已逝。

再次路过老家寨时，那个丑女人已再次嫁出去了，只见她八十几岁的老父亲坐在屋门口吃饭。三年前见的那个女孩已长大，性格也变了很多，竟也赶边边场。

村里的电视机增加了很多。

2011_年

2011.03.14

躺在秋天的草垛旁

看着春天的油菜花

又一年

风吹过

将记忆带走

带不走的只有我的脚印

还有寨子里的笑脸

2011.05.08

离开这个村子已三十几天，走的时候山上还未绿尽，油菜花刚刚盛开，回来时，处处葱郁，绿得美极了。我的两块菜地已被野草占尽，白菜开花结籽已有一米多高。生命的力量太强大，太迅速，你还在思考，它已经长大！

去巴厘岛，亦感受到生命的亢奋。我所住的屋子周边全是稻谷，4月1日到巴厘岛时，稻穗还未出来，4月29日离开时，谷子已黄，太快了。

回到千潭，绿则在我眼中成了一个主题。如何以这个"绿"画出一连串好作品呢？这需要好好推敲画面。如何多苓说的，画开始易，结束难，当你实在画不下去而再坚持的时候，风格可能就会出现。我深信这句话。

2011.11.06

秋天的小雨落在黄叶上，带着些忧伤的样子，连同山村里的云雾交融在一起。若不是雨水顺着青黑色的瓦流落到屋檐的窠臼里发出的滴答声，若不是村寨里的几声鸡叫和狗吠，若不是山涧里的鸟鸣，我倒真把这忧郁的风景和我的心境联系在一起了。

到山村里见到满地落叶，随意地拾起一片，仰望着树叶和枝杈留出的天空，秋雨和黄叶飘落在我的黄脸上，甚至有些感怀开始步入暮年，青年似乎就在叶子脱落枝头的那刻随之远去。叶子可能飘落到山间的小溪里，顺着溪水，穿过山林，停留在某个村落，或流入江河，就像青春的梦，不知哪里才是驿站。

2012.07.05　星期四　晴

大月亮在树后，头顶是满天星斗。

原想这两天晚上画月景，不曾想竟看了两晚上的电影，一部《可可西里》，一部《神枪手之死》，都非常好看。

在这没有丁点女人味的村庄里，所有的男人几乎都在考虑"性"的问题。有时安静不是件好事，而是件"缺德"的事。

昨天，李了好多朋友为你们打败公盘。晚上篝火晚会。

与你们打过的朋友一起快乐！

基弟自愿，自射精在一书上存封十年后自形成一件作品。取名为《孤独》。太有共鸣了！！！

爽水了！

忆凉灯一

这儿的蜜蜂跟苗民一样勤快，且数量庞大。几乎每户都有一个木箱或是一个泥巴糊的竹笼用作蜂箱，到了每年的八九月，能产好多蜂蜜，留一些自用，另一些逢赶场天卖掉。前几天被它们蜇了两次，一次是下午画完后出门被蜇在脸上，一次是下雨天在屋里，它钻到裤裆里，蜇在大腿内侧，险中要害。

忆凉灯二

蓝色的夏夜，静静的凉灯。星月将树影连同瘦弱的我一起映在泥墙上，我总是望着对面山坡上那间土屋的木窗透出的橙色灯光。他们还没睡啊，可能老太已带着孙子睡在黑色的蚊帐里，老太翻着身子，一只带着白天干活沾满泥腥味的手搭在小孩的脸上；老头可能双手撑着头靠在饭桌边，或在打盹，或在想儿媳啥时回来，什么时候下场大雨给作物带来甘霖，小儿子怎么还在打光棍……蓝色的深夜，总是有无尽的想法和思念来打发我的寂寞……

忆凉灯三

凉灯大雨过后一般都有大雾，寨子如雾中仙境一般。夜幕下，石板路旁的草丛间布满了晶莹剔透的小水珠，像《幽灵公主》里的精灵。草丛中总有虫叫，时远时近。如果你将自己置身于这个小世界里，去追寻它们，那会是怎样的情景和心境？

近一个月的工作，完成五张油画，都是在凉灯的两户人家画完的，两张夜晚灯光下的作品，三张白天的作品。昨天收工后，天告别了大雨，黄昏时出现了阳光。晚上洗了个澡，已六天没洗了，准备好看老婆儿子。回去后一定要吃顿大餐！

在智障母亲家里，如果没画出好画，就说明自己肯定有问题。画不好满身咬你的蚊子也不答应啊！

2012.07.08　星期天　晴

白天，你给我一个大太阳，一个山坡，一个村庄，一片树林。

夜晚，你给我一个大月亮，满天星星，一阵凉风，一片蛙鸣。

我，给你见证光阴。

求成，对猫很好，身边就这么个母的活物，早上给它抓了个知了吃。

月亮从山头升起，已是半夜，淡黄色的，孤独径直升入空中，村庄静立在漆黑的夜里。

2012.08.30

在苗寨平静的晌午，听着时钟走动的声音，听着蜜蜂和知了在秋初的挽歌，甚至忘了最近的车祸、矿难、领土危机……原谅我对母亲暂停思念，我只记得昨夜月圆明亮，听年近八十的单身老汉讲他当天早上六点动身，走二十里山路到山江赶集，搞了个奶子大、屁股圆、年仅二十八的女子。那得意满足的表情写在他的皱纹里，那种在平静的生活里得到的些许慰藉和幸福则刻在我的心上。他反复感谢我给的模特费，还拿刚从集市买来的冰糖给我吃。我们边说边画，不知不觉到了深夜一点多，他已在椅子上垂头酣睡，偌大的空屋子里，瘦小的身躯放大了他的孤单，我感受他的暮年并回忆与他的交往，思考如何将白天的喜悦与夜晚的沉寂落在笔上。

月亮还躺在树梢上，偶见一只萤火虫，像他游走的魂。

刚刚海洋告诉我，贤周因为他母亲一句不中听的话，喝农药自尽，好在及时发现……

2012.09.05

从千潭村到凉灯村要路过老家寨，老家寨对面的山头上就是凉灯，尽管喊一嗓子对面就能听见，但要过去却非常不易。首先要下山到谷底，再螺旋爬到山顶。本地苗人非有事，一般不过去。路难行，景致却如画，春秋冬夏，各有其味。尤其到了大热天，谷底下的那条小溪是个欢娱之地，往上游行两百米，有一小石潭，深有七尺，清能见底，偶有小鱼，潭边满是粉白的石头，石下藏有螃蟹。在此裸泳是享受，头上是两座大山挤出的蓝天，两旁树丛盎然，林里有各种鸟叫。你尽可像动物一样趴在石板上，晒晒太阳，就像身处自然的摇篮中。如果你带一母的，还可野合。寨子里多情的年轻人常在此地约会，想必是浪漫之极。昨天挑起颜料、画框路过小溪，看到一些落叶顺着溪水流过，感慨一个秋天又快过了！

2012.11.16

苗族土屋里黑乎乎的，像有灵魂在吸引我，我努力在画布上表达，有时看到画面会得意：嘿嘿！真把你捉住了。当我走近去触摸它们时，才发现离他们还很远。每户人家黑的情调不一样，有悲凉、有孤独、有安静、有幸福，每天的光线和季节变迁都会对这些情调产生重要影响，而我对它们的依恋却愈发重了……

2012.12.03　星期一　晴

大太阳驱散了阴霾，身上渐觉暖和。昨晚，月亮半夜爬到了屋顶，将黑夜赶走，天空出现几个稀奇的星斗，村子的轮廓渐显出来。爬上床时，已听到鸡叫，窗前光秃秃的树杆像爪子一样伸向冬夜的天空。月亮未出时，天黑如墨，如我的"黑画"。没有灯怎样才能找到小巷的路？尽管如此熟悉，路又在何处？如同我的画，我的方向。我心里纠结积郁，鼓励自己：村里村外皆是路，你得走，不能只等月亮。

白天，完成了一张大画，晚上完成了《烤火的老光棍》，明早上看效果。

2013.01.27

　　昨天早上错过了去吉首的火车，改在今天凌晨两点出发，到麻阳已是六点多，在千潭吃了中饭，下午六点到的凉灯。白天有太阳，一簇簇芦苇在田间发出灿烂的光，草垛被灌木丛衬出秋的金黄。山中到处是光秃秃的灰紫色树木，远山是黛青色的，由老家寨通往凉灯的蜿蜒山径清晰可见，冬天的凉灯一样醉人。

2013.04.16

小时候见到过这种成片的粉紫红的燕子花，春耕可以当作绿肥，也可以当牛食。经常割了一大捆后，躺在花丛里歇气，时而有狗在花丛中追逐，打搅我的清梦。听大人说，在燕子花里打过滚的狗又骚又凶，这使我想起村里那个皮肤白皙、相貌美丽的寡妇，她总是被其他妇人在背后骂又骚又凶，说她喜欢偷人。恰巧她家里有一条灰白色的母狗，十分凶恶，有一次下雨天去她家串门时险些被它咬到，幸好她女儿出来喝住它。十多年后回老家去看她，三间平房已破落不堪，正房被邻居占用做了牛棚，她跟一个外来男人跑了，两个女儿都已嫁人生子，她们也不知道母亲在哪儿，那条灰白色的母狗连同寡妇一起杳无音讯。老家的乡亲们很少种燕子花了，赚不到钱，改种棉花了。

我们的肉身与灵魂，言论与行为，自由与责任……早已身首各异。

2013.04.18

留一天待在洞口洄水村。这里跟凉灯村一样，夜色靛蓝，蛙声阵阵，虫鸣此起彼伏，天空弯钩银月，星斗灿烂，水田如镜，映景成趣，应声成乐，热闹却宁静异常。在田埂上走走坐坐，有时真需要这样，让自己放空杂念，静心思考。

2013.05.10

今天早上的天空白底色，上面画着几笔长条的灰云，色泽清韵。山上的绿葱郁逼人，寨子里的黑瓦黄墙都很清晰，弯弯的石板路也呈现出青白色，连续几天几夜的暴雨终于歇了脚。昨晚阴云层里的半边月亮唤醒了早上的太阳，鸟儿很早就在枝头唱歌了，早起的村民正在昏黄的水田里犁田，不时传来牛蹄踩水的声音和农人的吆喝声，田间的杂草小虫都在玩命地生长，空气中充满着草腥味和泥土味。走在路上，脚底下都是生命的惊喜。

2013.06.12

我爱怀素及芭蕉。前年新屋落成，在床前窗口外栽满芭蕉，总想回家时夜半枕边聆听雨打芭蕉的声音，漫想怀素采蕉叶练书的情景。今时之雨冲古时之墨，水墨顺着蕉叶落在屋檐下的小泥坑里，也落在我喧嚣的心境上。可我总有太多牵绊，仅在冬日回家，那雨落芭蕉的臆想一直未能如愿，仅当梦祭矣！

2013.06.12

星子撒满天空，镰刀月儿泊在故乡的后山头。林间与水秧田里的青蛙和虫蚱们正一遍遍唱着初夏的夜歌，靛蓝的暮色浸着山村里独有的寂静，里面夹杂着我对父母的思念。该回家了，黄昏田野里的野花等着你绽放；该回家了，屋檐下的石子野草等着你去玩耍；该回家了，门前的老木椅已好久未去坐坐；该回家了，菜园篱笆边的桃杏等你去采摘……今天是端午，我真回家了。端午令我想起了屈原写的美丽山鬼。夜深，月色清淡，妻儿已安睡，我漫步田埂边去寻儿时的山鬼。

2013.07.30

山头上还有一截残阳没有离去，山林里的知了和谷底的布谷鸟儿却已唱起了夜晚的歌，蜻蜓在山路上飞舞，暮归的水牛正等待背柴的苗民，远处的寨子上空已有淡蓝的炊烟。海洋和于轶文来接我，帮我扛着画具往凉灯走。龙老师已宰了只母鸡为我洗尘，同时也为兆斌送行。也许是大家太高兴，也许是凉灯的鸡太美味，我们几个都喝晕了，兆斌醉了，在由课桌拼成的床上狂吐不止。待他们几个都睡了，我望着繁星遐思，山间的风异常凉爽，左边山巅的树梢上，不知什么时候升起了一轮月牙儿。

2013.07.31

一只青蛙死了，死在离井不远的地方，它是可以生在水里、生在地上的。往年的这个时候，它正欢跃在稻田里，稻穗刚刚打苞，落水的稻花和蛙声合成美妙的情景与音乐，然而现在田里纵横着宽大的裂口，稻禾青黄不匀。晚上在井口边洗澡也听不到蛙声，头上是黑巨人般的怪树围成的褐蓝色星空，尽管凉快，却留念往日的蛙声。上午去井边洗刷，发现这只死去的青蛙正躺在刺眼的烈日下。

2013.08.01

凉拌尖椒，辣到了心坎上，从此有了副热心肠。盐炒尖椒，咸到了舌头根，此后就有了力量。腌酸红椒，酸透了眼睛，以后我不再怕悲伤。

2013.08.04

凌晨，房里的漏雨声把我敲醒，桌上的画布和枕边的被子都被淋得狼藉一片。尽管如此，心里却十分高兴，村里太需要这场甘霖，庄稼地里的裂口子已等了两个多月。昨日白天起了大风黑云，老天酝酿半天，只落了几滴雨，那架势就是个摆设，幸好凌晨来了场暴雨，落在了苗民干涸的心坎上，寨子里的青石板也现出了乌光。

2013.08.05

凉灯村口有几棵大树，晚上它们被星斗包围，远望像把巨伞。我喜欢坐在石板路上看它们，遥想我的童年，思考我的现在。这里的生命如同它们一样在安静中长大变老，坚守在这块地里，白天黑夜从未放弃；而我颠沛流离，落到这儿，把根留下。突想起高更在塔希提岛上作的一张画《我们从哪里来，要到哪里去》，我何曾不是那孤独的高更，守在村口等待模特，等待女人……

不求变得像这几棵大树一样巨大，但至少可以相望聆听并共同拥有一片思索空阔的夜。

2013.08.09

天旱使这里的种烟产业收入大幅下降，烟叶长不大且衰叶过多。天灾加人祸，县烟草公司与农民签合同定死价钱，最好的烟叶仅十五块一斤，其次为十二块或十三块。农民说从来就没有卖过十五块一斤，听说烟草公司卖出每斤为四十块到六十块。这里的农民以种烟叶为生，烟叶是他们唯一的经济作物，然而不管减产多严重，也得不到相应的补贴。

2013.11.06

一阵子秋雨将凉灯辣子的春梦淋醒，它们疯狂地结果。夏季的干旱炎热使得它们花多果少，它们要赶在冬日来临前，拼命吸取土壤的养分及最后的秋阳。如同这里的中年光棍，虽错过了年少的发情期，但春梦犹在，一旦有了婆娘，加上盼子心切，夜晚在被窝里就如同这辣子般忘我地疯狂。

辣子太多，苗民们背着满满的背篓去场上卖，价钱却低得可怜，三毛一斤的超低价境地让苗民们失望之极，工钱都换不来。政府不会来引导，当然，政府更不会为光棍们解决生理和情感需求。

辣子和光棍，带来了不一样的问题，却都是社会问题。

2013.11.14

冬天还没来到，夜里的寒冷已将凉灯寨子里的人赶到了火塘边拉起了家常，说着今年的干旱或是令村里人生笑的人和事。聊过一些时候就会有人打着哈欠，打会儿盹，屋里会立刻静下来，剩下的只有伴着零星噼啪声的炭火和黑柴色的水壶。昏暗的黄灯光融进屋内的每个角落，每个生命及静静的杂什都有自己的位置，并且显得极其别致有趣。你会想象屋顶上的尘埃伴着钟表走动的声响被吹落，让人觉得生命的归宿在于寂静，之前的争辩、喧闹、矛盾都已如烟尘落幕，化作缘与佛的理结。

2014 年

2014.02.23

　　长江边上的春天多阴冷。过了正月元宵，村里的年轻人都出去打工了。堤上安静得像张老照片，上面长满了荒草，靠林子的一边有许多垃圾，里面有破衣服、烂瓶碗、废纸片、塑料袋，等等。林子里边有好多鸡围着这垃圾堆找食，我在一旁观看，觉得十分有趣。它们翻开这些东西的时候，就像在对一个人讲五颜六色的老故事一样。

2014.05.12

　　这里的辣椒有新鲜的、泡酸的、晒干的，有炒、煮、煎、炸各种吃法，在外面吃不到这么好吃的辣椒。尽管嘴巴因上火已烂了好几天，但也只能吃，且每顿都吃得很多。

2014.05.14

凉灯五月的天气就像个任性的孩子，连着几天的暴雨滂沱，晚上却又是满天星斗。第二天一大早，东边的云彩刚刚映红，西边的大片乌云就滚滚压近，这架势定以为大雨将至吧？它不，一个劲地虚张声势，远山近屋片刻间云雾弥漫，似仙境般迷离美丽。大家都认为整个白天都会在雾中度过，然而还不到晌午，得意的灰白色太阳慢慢变得刺眼，山头上开始融入蔚蓝色，偶尔有白云涌现，这一天一夜就在荒诞的变幻中过去了。

有时天刚亮一会儿，空中便出现离奇的白底灰云，那圣洁的模样像初恋的情人，不敢去触摸她。一顿早饭的工夫，飘带似的灰云变成了墨点形，太阳透过云层，形成抽象的光柱落在田野上，看到这景致是需要运气和造化的！这时寨子里的房屋、丛林、田野、远山，层次分明，色彩有致，鸟虫欢歌。突然，群鸟飞过枝头，一盆大雨猛扑下来，这模样像泼妇骂街。不懂得这天气性格的人会急匆匆地跑到屋檐下避雨，这里的人却仍在暴雨中犁田，不足五分钟，雨点便由豆大变成了小牛毛。它的脾气就是这样古怪，你理解为装腔作势也好，直来直去也罢，它的这张脸就摆在你眼前，不慌不忙、不卑不亢。

2014.05.19

门外是生机盎然、绿油油的树林，土墙细圆的洞里嗡嗡作响的蜜蜂忙碌着，初夏的一切生命都活泼旺盛。菜园篱笆边的一只旱公鸭子尤其自在，因为离水田较远，求成专门给它挖了个水坑，坑里放置些田螺供它嬉戏，让它感觉像在水田里一样。如果下大雨，求成就把它抱到牛圈里的石槽旁，槽里放些玉米谷子。有时会想，做求成家的鸭子倒是件幸福的事。

就在旱鸭子在水坑边得意地玩耍时，求成已酣睡在木椅背上了。这一动一静倒像是一个世界里的两个舞台，一个是绿色背景，另一个是黑色背景。

2014.06.01

上午，天气闷热。大雨犹豫了半天，到晌午才气势汹汹地落下来，打在水洼里形成一串串水泡。一边的山坡上空与树林变成了绿灰色，另一边的远山被天边的暖白色挤出乳房的形状。鸟儿们顿时失去了踪影，田地里忙碌的人被暴雨驱赶，拖着两条泥腿回来收坪里晒着的隔年稻谷，抱小孩的妇人放下小孩，将竹篙上的衣物和晒在青石坪上的金银花都收到屋里，院子里的小鸡早已惊恐地躲在屋檐下挤成一团，发出细小的叽叽声，小孩的哭声和雨声倒像是首协奏曲。背后山外昏沉沉的雷声断断续续地在耳边回响，闪电接踵而至，在墨蓝色的天边亮出一道刺眼的惨白，映得田野的绿呈现出一副神秘的样子。在这不知名的地方，这个瞬间甚至可以赋予它政治、历史的色彩。雷声慢慢退去，布谷鸟又开始"巴公、巴公"，子瓦屋顶上有鸟影掠过，天色缓缓变得刺眼，田里又开始响起了苗民的吆喝声。日子就在这声色中过去，日复一日，年复一年。

2014.07.01

写给凉灯的稻子：

我都长高了，周身碧绿，你没来；待我暮年金黄，粒粒垂头，你还没来。我说过我不会哭泣，尽管四周是干裂的土地，尽管我的命不长。到了白雪皑皑的冬天，我可能还在那里等待。你是知道的，我不会去远方。你到了哪里？是不是正走在不远的山间小路上……

我来了，带着想念。天落着雨，走过的脚印里生起一串串水泡。你在长大，后山初夏的雷声告诉我的。离开你的日子，我狡黠圆滑，我知道你在等我。在你刚刚生长在黄泥里的时候，我曾在你跟前。现在我就过来，不用等到垂暮的时候，就在此刻，朝你走来。

2014.07.04

老吴家的狗已经老了。它的耳朵被另一只狗咬伤了，毛也脱落了一大半，露出深灰色的皮，只有眼睛还算灵活。它原来是村里最凶的一条狗，曾咬伤过人。2010 年，我和老婆住在希望小学，经常拿骨头喂它，因此，它和我们关系很要好。这几年，它每次都闻得出我的味道，且对我不停地摇尾巴。

晚上改的那张前年的画，改得很舒服，明天早上去看效果。

2014.08.15

玉米秆上的叶子开始变红了，青石板上有了凋零的落叶，山峦泛黄，天空变灰，鼻子边上浸漫着果子收获的气息，山径上和田埂上都已现出繁忙的身影，蛙声和知了的歌唱随着夏日的落幕也渐渐远去，只有蚱虫们在露霜渐凉的夜晚仍忙碌地鸣叫。夜空里星斗璀璨，转眼又漆黑一片。秋来了，天气开始冷了起来。我这块土地的秋来得早了些，朋友啊，你故乡的秋来了吗？

2014.08.18

秋夜的月儿是红色的，有云的时候，模糊一片，站在它的下面，会为消逝的年华而感伤。至今，我仍不敢相信自己已是两个孩子的父亲，感觉自己还是那个踩着辆二八旧单车，常常在湘江边画黄昏，回来在菜市场买四毛钱豆腐做菜的小年轻。那时候，青春期伴着穷困潦倒的日子，既眷恋却又期盼离开，岁月就是那么急不可耐，如屋脚下的阳光匆忙地走进了门。

从小生长在农村，现在又回到不是故乡的偏僻苗寨，我走在孩童时的"路上"，养家糊口，做年少时想做的事。在这点上，我是幸运的。以前是缺少父母的关爱，现在自己却将少有的关爱赋予儿子。相比我的童年，两个儿子是幸运的。人啊，总是在幸福和悲悯中走走停停。

2014.08.19

求全家里有只瘸腿的鸡，两个多月前，它在被求全的三个儿女当玩具耍时弄伤了脚，现在走起路来跟求全很像。现在它长大了，腿瘸得更是厉害，三个小孩抓其他的鸡比较困难，但抓它却毫不费力。它虽长得邋遢难看，抢起食来却毫不逊色，这点，我倒如敬重求全一样敬重它！

2015 ^年

2015.04.23

我住的小屋窗口边有一盏刺眼的白灯，灯边是棵垂老的枇杷。树下是一块水田，水田里撒着一些微弱的星斗，还有一群正在发情的青蛙。它们面对庄重墨蓝的山林，发出刺耳的叫喊。在这土地上，它们自由地释放了自己，令我钦羡。

没有月亮的夜晚漆黑一片，郎德苗寨的人们早已被大山风吹进了被窝里。我坐在木楼边看着这片景致，巨大夜幕的光芒和我有意无意地发生关系。我不想下楼去巴拉河边扔石子，也不想到田埂边踩新鲜的泥巴，更不想坐在风雨楼的长椅上去想念任何人，因此，只好把我身体和灵魂搵进这片发着隐约白光的景致中，并顺其自然地接受着。它们不会怜悯我的身影，我也不会怜悯它们的光芒。想有个彩色的梦与它们相遇，直到我沉沉地睡去，却始终没有发生。

2015.05.01

狂风带着乌压压的黑云奔向山坡、田野、村寨、小巷等一切可以到达的地方，像魔鬼一样咆哮而来，似乎要吞噬整个凉灯。树林瞬间变成了团团墨绿，狂风发疯似的呼啸向北。霎时间，大雨如盆倾注，急促地响起"嗒嗒嗒"的声响，如锣鼓喧嚣。天似乎要崩塌下来，凉灯好像即刻要被世界丢弃，去接纳一个奇遇，走向另一个光亮的天堂。此时，除了风雨，没有别的声音。

约莫十分钟后，春雷从遥远的山头"轰轰轰"地响起，慢慢地从四面八方跑过来，稍作停顿，突然，"咣咣咣"的大爆炸在你心里开花。它要炸醒未出泥的虫蚱，要它们赶紧出来，今夜一起在月色下狂欢。

过一会儿，雨儿便无精打采地滴在水洼里，开出小串串水泡；风儿也放下脚步，浪漫地抚摸着白绿山林、纵横田野、新鲜的土房青瓦；小鸟跃过铅灰的天空，公鸡在屋檐下打鸣，雏鸡看着水滴落在土臼里的情形，挪动着鹅黄的小脚，挤拥在墙根边；小孩在家里号哭，刚才的情景吓得他惊魂未定，母亲在一旁安慰，父亲正劈柴筹备中饭，且心中暗喜：田地终于等来了甘霖。

天放亮，雨停了，对面山后现出一抹蔚蓝，青石板上落下了淡黄的阳光。

2015.09.25

秋雨总在寂冷中响起，夹杂着深夜的虫叫，这便是孤独者的聆听。

鲁迅的《孤独者》让我记起去年年底在凉灯画"葬礼系列"时的情景。当然那位苗族的逝者不是鲁迅笔下的连殳；连殳是孤傲的，是少有人理解而内心温暖的孤独者。那位苗族的逝者是位空巢老人，曾病卧三年。

他们在入棺时都穿着妥帖的新衣，都有不舍的眼泪和未了的心愿。

2015.10.30

夜晚，一阵冷风吹过山冈。秋天开始真正向冬季走去，身上需多添两件长衣。天色灰亮，平云相叠。山径的落叶遍地，露出被秋雾沾湿的青石。枯草瑟风，枝杈光秃，几只不愿南飞的山雀在林中穿越，发出咕噜咕噜的声响。山坡上的荆棘野杂变得褐黄，绿色告别秋阳，野花正在凋零。纵横的田地里，苗民开始种栽油菜；蜿蜒的山路上，有人忙着上山砍柴备冬；那些躲在土地里酣睡入梦的生灵，在等待来年的春日。回望这沧桑寂静的山冈，冬的奏鸣开始了。

2015.11.19

凉灯起大雾，如薄纱般裹着山、屋、路，像是另一个桃源之境。山涧雾中的野花和笑脸，那沾满露珠的色彩和轮廓，又远又近。

临近黄昏，早来的黑暗把大雾吞噬，村寨开始落雨。树上黄叶与水滴的碰撞声，会令我的思绪穿过木窗去凝视那些光棍。他们要么是坐在木椅上俯身烤火，要么就是刚洗完脚，斜着身子躺在椅背上打盹，洗脚水的热气慢慢散去，火塘里还未燃尽的木炭发出最后的吱吱声。昏暗的黄灯浸入屋里的每个角落，也赋予这些与它发生故事的农具杂什昏黄的形状和长长的影子。我不会惊动每一个附着生灵的东西，生怕它们在这寂山静屋中飞逝。此时，你定会心生怜悯。这个空间打发着四季岁月，守候着生命的孤单与离去。

如同每个孤独者一样，留下记录的只有他曾经的空间与他熟悉的旧物。

第二天可能会升起秋阳，也可能会寒气袭人，他们依旧会把日子揣在怀里，把记忆抹在油米柴盐上……

2016.01.23

等待两天的雪在昨天落下了，半夜开始慢慢累厚，本以为将是迎来漫长的雪季，以便把我裹在这村寨里，给我一个冰冷的孤独，我好用内心的热度来烫开它、释怀它。

今天，太阳耀眼在灰色的天空里，温暖着一片片白色的屋顶和一座座蜿蜒的山头。林间、草垛、田地拂着欢快的风，像长笛，里面夹着泥土和生命交融的味道。放假的小孩们在打雪仗，大人们整理柴火，放风耕牛。鸡鸣鹅叫声起伏在黄墙的巷径里，枝头上的麻雀守在屋门口叽叽喳喳地寻找食物。屋檐上的雪水毫无疲倦地滴在熟悉的窠臼里，像寒冬迈向暖春的脚步声。

我不孤独了，我可以把脚步放在这些给我欢愉的地方，享受风的拥抱。我不用再添衣加袜，把单薄的身体放在黄色光芒的地方，让它覆盖。

只是在夜里，我又害怕了……

大雨把黑屋顶洒出了银光，院子里的梨花才上墙头，春寒冻得小孩流着清鼻涕，石板上凋落着白色的花瓣，田间灌木里的生命在向朦胧远山的春雷呼喊着，向山涧的绿芽高歌着，似乎布谷鸟也在滴着雨的枝头"巴公、巴公"地叫着。年轻人都已外出谋生，留下老人和孩子。再过一个多月，春耕就开始了。绿色染尽每个角落，鸡鸭快活地晒着太阳，耕牛歇息了一整个冬天，也开始了新年的劳作，辣子、黄瓜、红薯、西红柿都整齐地生长在肥土里，翠色的山坡上点缀着忙碌的人们。

我这样念想着凉灯，偌大的画室里躺着有关它四季的记忆：那些人，那些物，那些景。

我不忍看到梨花凋谢于雨后院落的青石板上，那些留守在寨里的老人孩童才告别年青人，外出打工谋生的，待到微凉的冬日，他们再相聚于光秃秃的梨树旁。

2016.08.26

天空灰亮，远处一片淡墨色的云压在山峦上，风吹着山地上高耸的树林，叶子被吹得像欢快的麻雀，小路上散落着早落的秋叶，山间清脆的鸟叫声应和着山脚寨子里小孩的哭闹。这个暑假就要结束了。过几天，他们又要背着彩色的书包走过这道熟悉的山梁，穿过金色的稻田上学去，这样的生活还要过上几年。几年后，他们或许会告别家乡去外求学，或许会去外打工，美妙的童年时光不多，给每个人的都不多。这样说来，我算是幸运的。

天气渐凉，再过一个多月，知了的欢唱就停止了，苗民开始腰挂柴刀上山拾柴，准备着火塘的温暖来迎将至的秋冬。那时，到处将是金灿灿、红彤彤的。

夜空.

阳晄.

2016.10.19

终于落起了雨。稻田里干旱得开出了大口子，寨子里除了入寨口右边大凹地的小崖洞里有半截井水之外，其他几口井早已没有一点儿水。辣子干坏的多，虫子咬的也多，种下的萝卜不见生长，白菜叶又老又糙，农民们一到傍晚就施些淡的农家粪以缓解旱情。这个季节，本没什么菜吃，一旦缺水，就更加缺菜了。

凉灯的秋雨来得不慌不忙，先是一阵风把寨子吹扫一遍，再就是小雨夹小风。慢慢地，褐黄的山野颜色变得沉着，树林凝重，天空没有乌云，灰亮如薄纱，气温下降得厉害，人们开始窝在火塘边不再出门。与夏雨比较，秋雨平静了许多。记得每逢夏雨将至，天气就像个做法事的巫师，东南西北中，到处发抖，黑云磅礴翻滚，闪电在云里来几道金光口子，霎时间，雨点如野马飞奔袭来，山林上、田地间、寨子里到处是流动的水，看不清形状，动物和人的眼里也都是水。不多久，远处山头生出光来，照得天空碧亮，雨水早已逃之夭夭，这一幕才算是结束了。

在这靠天赏饭的地方，只要是夏秋季节，肯定缺水，所以一场秋雨对于这里的每一个生命都是福音。

2016.10.22

雨连落三天三夜，干透的井里，开始渗满水，稻田里的口子喝饱了水，青蛙水虫又往泥地里钻，咕嘎咕嘎叫着，像是春天在走近。田垄上的辣椒、萝卜、白菜都抓住这难得的甘霖疯狂生长。鸡躲在舍棚里憋了好几天，天一放晴发亮，它们便开始打鸣，屋后的鸟儿在树梢上叽叽喳喳地嬉戏，弄得几片黄叶落在了草垛边上，沾着细水珠、破乱的蜘蛛网在风中摇晃，蜘蛛早已躲到瓦缝或是木梁上了。连阴雨终于停歇下来，风一刮，淋透了的田野又开始转向枯黄，秋蚱们在干草上扑扑地跳跃，田间的虫叫又响起来，远山的轮廓也慢慢变得清晰。

深秋，年怀苍黄味……

工·光

2007 ^年

2007 年

艺术家需要有殉道者精神，社会不会创造艺术家，艺术家只有创造了杰出的艺术作品之后才会得到社会的认可，甚至改变社会。

一个老头冬天还穿草鞋，但他却不长冻疮，原因很简单，他不信这个！

无论苗衣上的花纹是多么的艳丽，颜色多么的丰富，它始终不花，反而更加漂亮，因为这些都是由枳上恰当对比的结果。

绘画确实是一个随心随意的东西，要极端地把每张画的目标表达清楚，就像美国的有些画家将女性生殖器用超写实的方法表达得明明白白。而我要表达的苗民，可以用各种语言表达，有些人长得像版画，你就多用线，有些人长得像雕塑，你就用雕塑感受，但必须有一点，所有这些必须用绘画语言充分说明。

2010 ^年

2010.06.12

玻璃与塑料袋……

一个塑料袋被风吹到了玻璃边，

玻璃羡慕地说：你可以随心所欲，随风而动，多自由啊！

我是完成使命后才有自由的，塑料袋说道。

玻璃接着说：我也想飞……话未说完，一只篮球飞来，砸中了玻璃，玻璃粉身碎骨。

塑料袋目睹刚发生的一切，刚要飞走，一个小孩手抓着塑料袋，把碎玻璃装了进去！

——送给偶遇及相信命运的人们

2010.10.20

看了白羽平的画，觉得有些美，有些不美，总的来说，作品并没有太大意思，情感未侵入进去，但有一条：用笔大胆。

今天赶集，买了十五块钱的猪肉，晚上做火锅跟老吴两兄弟喝酒。老吴的房子上了大门（苗族建新房，首先上梁，再上大门，启动仪式就此开始），有些邻居来给他放鞭炮，以示祝贺。

用心观察了赶场上的苗人，他们的形体非常独特有味，在这块地方一定能出好作品。

例如，给袋子烧两个洞让猪出气，老太与孙子各抱一只鸡来叫卖，卖酒的与喝酒的交谈，卖猪的为了躲避税务官少交一元钱在外场交易。

这地方太有趣了，无论做什么作品，都将是伟大的作品，令世人及后人感动的作品，以后这些场景将不会再现。

画画讲究酣畅淋漓，跳开对象，进而产生心中的形色感受。

2010.10.21

苗族人叫"凉薯"为"地老鼠"，因为它的头茎像老鼠的尾巴且生长在地里，故取名为"地老鼠"，这种说法是很抽象的。民间的许多东西是很抽象很美的，如汉代的石刻、石像，霍去病墓前塑像就是典型。

首先可能得有抽象的形，再通过与真实的形象结合，就能创造出新的美的东西。

天开始冷起来，有点掉鼻涕了。

吴有保的家里虽黑、满、杂，但却有序，每一个东西都有其实用的地方，都充满亲切朴拙的味道。罗中立的《巴蜀人》十分夸张，道具人物全都很矮，着重强调形体。

这里的东西并不需要组合，直接说清楚讲明白就好了。直叙的表达是最好的。

黄墙，玉米，辣子南瓜红薯，竹扫鱼帚 阳光下晾的衣裳。

今晚 与欧语，海洋，路路，□新，老婆，的儿子，朱村长吃竹剩下加羊肉，牛肉火锅这几夜，星星很多。

在这种夜晚看书，是最舒服的事，没有杂念。老婆躺在旁边，心很平静，书想看多晚就多晚，觉想睡多久就多久，没有负担。黄永玉自小看书，了解自己想要的或不想要的；而我呢，却是在十七八岁才知道自己想要什么，将来要干什么。不知不觉已过去了十几年，每次看到阳光从门口走到屋里，都觉得时间太快！

今晚看了《黄永玉自述》，这本书因为要送人，所以必须把它看得差不多才行。看后很有启发，里面有句话说得好：很多好的事情都是在脸红和羞愧中做出来的。

黎明前的一场大雨，从天黑淋到天亮，昨夜的星斗已走，鸡鸣把两个酣睡的单身汉兄弟从热被窝里叫起。他们忙着收谷子，口里衔着电筒。昨天还是暖暖的秋阳，转眼间又是冷冷的秋雨了。

2011 年　早春某日

画面的元素里是可以有观念的，特别是当下的东西。

作品必须美，如果艺术家能将当下独特的感受放在里面，而不仅仅当作一张习作，那就更好了。

作品的"美"与观念叠合一起，应该是成立的吧。

这几天，"观念"是想得最多的，待在这个村子已有好久，室内的东西表现了一大堆，人物却很少。前些日子，跟牛哥讨论要画一批关于村里单身汉"性压抑"的题材，也是关于床的，就是一男与一土妓同时坐在床上苟合时的情形，准备画五张。

还是光棍题材，怎样立体地再现千潭村的方方面面呢？

龙求望的家就是新婚之家。

支书的家就是党员之家。

农民喝咖啡，没味道，还不如来碗辣椒。

昨晚，请了村里几个要好的朋友帮忙搬家（村支书不再答应我继续住在小学里了），从下午约六点一直忙到十点。主要是搬画累，油画重，从小学搬到另一个地方，还要上坡。我没有什么来感谢他们的，只好拿月岭留下来的咖啡泡给他们喝，每人一碗，老吴和黄家女婿勉强喝了一半就倒了，他们觉得太难喝了，像感冒冲剂。

面对什么人，用什么样的方式去感谢，是个该思考的问题。

看见穿苗服的人就激动，在未来凤凰之前也是这样，总觉得上辈子他们就在我的作品中出现过，那样地打动我。我相信，这辈子描绘他们，也一定会打动别人。

这几天都是待在求望家画画，有时也在那吃饭，的确落实了我在博客里的留言：静下心来，与这个苗寨一起生活，一起悲喜！这段日子就是阴天加小雨，典型的南方天气。外面有些冷，画一会儿就要烤下火，烤火就不想动了，到处张望，看他们家有什么好画的。这个家很窄小，东西也多，里面塞满了热情，来串门的邻居很多，坐下烤火、聊天，把我的大画架、画箱加进去，就更显拥挤。有时求望要拿椅子时，转身也很费力。越是这样，反而越想待在这多画些时候，画些"密"的东西。

龙求望的岳父、舅子和外甥，昨天一大早就到县城搭车，去浙江打工。特别是那小孩，还只有半岁多，一同去流浪，交由年迈的爷爷照顾。

早春的天气就像水墨，容不着多想，这牛毛细雨浸在你身上，你也变成了画中人。随处都是好构图，随处都是好调子，且远近浓淡、清楚适宜。不管早晨还是黄昏，色泽没有区分，一抹青灰色的调子，任你去遐想，任你去感受！你可以想象成青盈润泽的宋瓷，也可以想象成莫奈的灰调子画作。

2011.09.18

两张画，一张夜晚的室内，一张白天的室内，看怎样画得更美，更感人。在这户人家画画时，老头把我的颜料当废品烧了！

晚上再次翻开吴冠中、列维坦和李可染的画册来看，与自己的画进行了比较，感觉自己的画还是有许多的不足。吴冠中画的树，轻盈、有力，细节处很到位，敢于用色去表达自己的想法，敢于大块面地处理，真正做到了"不择手段"去表现；列维坦的东西细，表达非常充分，画面有情趣，不愧为"大自然的歌者"；李可染的作品细节处精心绘制，粗放处山雨欲来。

我感觉已经摸索到了自己认定的"画作"的艺术风格，所以心情是愉快的！

这两天在村支书家画画。在他家，我的心异常的静，外面很热，屋子里却很凉快，因为是土木结构的老房子，冬暖夏凉。下午画画时，老屋子的钟表不时发出声音，屋顶上老木头掉的木屑，落在擦笔的旧报纸上，这两种声音都在告诉我时光在走动，在逝去。屋外的阳光迅速地跃过那道木门，时间是那么地迫不及待。我正表达的画面，也同样充满着时间性吗？屋里的角落，静静的，光线也越来越暗。

我想起老婆写过的一句话：时钟在走，你一直在远行。

外面下着冰冷的雨，天黑得跟墨汁一样，昨天还穿着短衫，今天要穿棉袄才行。凉灯村的秋夜静得可怕，仿佛只有蜷在被子里才会感到安全和温暖。

2011.11.02

这几日读沈从文先生的书，发现他观察生活很细，文字表达也跟了上去，在描写生活中的一些事情时，加入了自己的想法和观点，并尽可能地上升为一种哲学思想，让观者品读时相信他说的真实又有"道理"。这种道理很容易引人共鸣，让人咀嚼，发起深思。

美术作品也应该让真实的细节展露，让它散发出一种细节美。

2011.11.23

昨天深夜看见一束月光从窗户照进来，那蓝色的月光照在我的锅碗、厨具上，十分柔软。深色的木格窗把外面的天空分成了几个方形，这方形我每天都能见到，总感觉这几个抽象的东西一直在呼唤我。画画对待形体还可以更加抽象一些，那样视觉冲击会更大。到了今天早上，我一直在想：月光照进疯妇人家里，这宁静惆怅的月色，照在她的灶台上，照在她的大门口。每户人家的阳光都有着不同的感受。如果让画面平面一些，在或灰或暗的背景下，来一两束阳光，可能会很有意思，但得让暗部丰富。我已经表达过一张了，只是速写味太重，哲理性不强。下午在挑大粪的时候，望着这熟悉的山、房子、树木，想着色彩不能违背你的表达形式，可以是灰暗的，也可以是艳丽的，一切的一切都得服从你的感受，你想怎样就怎样，让心灵纯粹，安心安逸地去表达。

这几天都在吴有保家里画，他是村里有才气的人，会刻、会画、会算命，看过他刻的一些东西，的确很有味道。他刻的木花瓶有汉化砖的影子，他可从未见过汉化砖，瓶子上的东西构图也很饱满。

2011.11.29

吴冠中说："画画的时候背后有两个人，一个是西方的大师，一个是人民。"我同意后面的一个，而前者应该是大师，不管是西方的还是东方的。如果抱着这样的心态去画画，定能出好作品。

越是面对浮躁的社会，你就越发不要浮躁。画东西不是画对象的表面，这是任何人都知道的事，但往往绝大多数是做不到的，需将对象的魂画出来方可。齐白石画画已经出神入化了，画什么像什么，这与他从小长在山村，平时用心体会生活有关。他对农家的东西很感兴趣，而我现在对农家的东西也很感兴趣，甚至我们画的东西也相似，只是用的材料不一样而已，难道我的成长之路就是从"农家"开始？

这几天是在求望家画画，今天比较冷，我一个人在这黑乎乎的屋子里，望着尽是黑尘埃的屋顶发愣。

2012.07.14　星期六　阴

　　我喜欢在黑屋子里看那张平静的脸，安详、凝重、知乐知足。我会去好好地画这张让我不由会感动的脸，不求怎样的笔触和色彩，只求如实地表达。这区别于任何擅长把握"黑"的画家，因为只有在苗寨的屋里才有这特殊的景象。

　　前年画吴有保站在院子里的那张画时，还讲究笔触、章法和情景，现在我想要的与以往不同，只求表达得真实。

　　龙求成养猫已有五六年，但不知道是公是母，关系好得跟两口子似的。

　　这一段时间就是画他家，在他家画感觉特别舒服，跟在工作室一样，颜料、画、笔等东西都不必因为怕搞坏而放到另一个角落去，画完刮掉废颜料就走人。

　　这两张画，总的来说是很好的。画一定要表达充分。前天看到千潭的画就觉得还不够充分，要慢点，再慢点儿。

2012.09.11

早上的一场浓雾把我对俄罗斯色彩绚丽的眷恋拉回了凉灯。我曾仰慕列维坦的抒情，列宾的精湛，库因吉的神秘，希什金的真实，弗鲁拜尔的怪异，等等，但面对大雾弥漫的凉灯，这些大师们已不再重要，重要的是我怎么表达这里的大雾，以及我怎么表达这里的一砖一瓦、一石一树。管它什么乱七八糟的理论，记住这是凉灯，永远不是涅瓦河！

2012.09.18　星期二　晴

今天看了陈丹青的《西藏组画》。

我画智障母亲一家人，一样可以震撼别人，围绕他们一家画的一个系列，都是晚上的作品。

一到夜里，她家里的每一个角落都摄人心魄。

2012.11.30

这几天常常画不了几个小时，因为天色太容易暗下来，加上我又在屋里画。

在冬季，下午五点钟天就暗了，山里暗得更早。山村漫长的冬夜你如何度过？我除了画画，写些日记，剩下的就是想两个儿子，然后是想女人。在黑夜，屋内的生命更觉沉重，如何在画面上表达得更彻底，这是令我痛苦的，但这是真艺术。

2013.04.24

窗外的雨滴声把我带回凉灯苗寨希望小学里用旧桌椅拼凑的床上，那时我是多么孤单，不像现在，身边是性感的老婆和可爱的儿子，白天还有排骨汤和朋友的聚餐。我却想念那个孤独的我，没有人打扰，整个白天画画，晚上写点东西，日子过得不快不慢，孤寂与充实在心里推拉，说不出幸福是什么，也说不出痛楚是什么。这有点类似那里的苗老太太，每天在黑漆漆的屋子里忙活不停，而我的工作也几乎是画她们在屋里的生活。孩子的哭声突然响起，把老婆吵醒了，雨滴声还在有节奏地响着，正在前行的我，面对这两种令我眷恋的声响，我该如何选择呢？也许等到天亮就会有答案！

2013.04.27

他们从黑暗中来，将黑暗洗净，再到黑暗中去，如此反复……

2013.05.22

鸟儿那么多，但我最记得布谷鸟，它从小就"巴公、巴公"地叫，日夜不停，我没见其"鸟"，却早闻其名。

搞艺术应该有自己的个性，并且反复地表达自己，这种反复是有力量的，如果你的"声音"也像布谷鸟的叫声一样在幽静的山林里给人享受，那你的个性便成了"共识"。很多人说，你基础都没打好，这么年轻搞什么个性，这个"很多人"相当于害人！人生来就具备个性，怎么使你的"巴公、巴公"叫得清脆悠远，这才是自己要关心的。有很多人说时机不够成熟，条件还不允许，展示自己的机会以后多的是，这也是很要命的！年轻人要敢于表现，敢于追求，就如同喜欢一个人要敢于表白一样，难道要等到水到渠成再去示爱，那时就真的老了。

搞艺术要永远处于"发情期"，根都挺不起，哪能"做艺术"？不管社会怎样看自己，也不管别人在做什么，更不管他们的心情好坏，我都要仰望天空，守在自己的山林里不分昼夜地"巴公、巴公"。

2013.07.07

人生要善于等待，等待时机的悄然成熟，等待才华的崭露头角，等待属于自己的美好情缘，等待远方的伊人归来，等待一朵花的盛开，等待一缕风的拂过……我们不能被动消极地等待，要在沉默中观察天象，在寂静中积蓄能量，博观而约取，厚积而薄发，相信自己等待的终会到来，心中的梦想终会实现。

2013.11.11

画画真的要走极端，笔要彻底放开。今晚画求全夫妇画得痛快，没有用头灯，颜色是碰出来的。画他们万不可安分守己，因为是智障夫妇，笔触要疯些，画出他们精神上的肖像才算是好。以后去冷江医院画画应该更主动些。

画黄昏时的人和景，会很有味道。

2013.12.29

安静属于自然，更属于人的内心，前者客观存在，后者过滤喧嚣。

我是冲着金竹山煤矿的黑来的，前几日画到天黑才回来。在矿工车间里看到那些螺丝、扳手、铁块、电线、布满油渍的工作服和巨大的车床在灯光下显得异常的安静，这让我想起凉灯苗民入睡之后屋里灯下的那些桌椅农具，收获的玉米、红薯、南瓜，前者冰冷，后者暖和。尽管里面充满着铁油腥味，充斥着土地里释放出的霉味儿，但我却喜欢在这样的空间里抽根烟、喝杯水、打个盹。凉灯和这里有共通的安静，这静直涌心肺，不悲不喜，不高大也不平凡，赤条条的存在，是一种隐隐的力量，也注定是我作品里的精神。

2014.02.07

在金竹山煤矿画画时，总有好多工友围观，他们几乎都会提出相同的两个问题，这也是我在许多地方画画时围观者们共同关注的问题。其一说：你们应该画过女人体吧，那画起来感觉应该很舒服，可以摸吗？她们的模特费应该很高吧？其二说：画画的一般死了之后才出名，画才能卖出去，才值钱，生前都很苦。我一般这样回答他们：其一，我第一次画女人体时，身体是有冲动的，但随着画画的深入，热度会减弱并冷却下去，且我遇到的女人体几乎都丑，尤其身材不好。画画时是绝对不能摸的，但可以前后左右观察。其二，画画的少有富者，很多大师的确是死后才出名，但不是非得要通过死才能出名。

他们往往把画画与性、金钱放在一起。的确，从人本身来说，这个行当同许多手艺活一样大部分初因是冲这两者来的，当然还有快乐和精神满足。这个追求不需要评判对与错，不需要评判高尚与低俗，需要的是坦荡。就像凉灯村那个窝在家里烤火的老头一样，他所有的言行都是冲着性去的，但村邻对他的嘲讽戏弄，他会有自己的判断。我反而认为他是个坚定的人，并从另一个角度尊重他。如果他跟我谈女人体，我会把"A片"给他看，他可能会从性的感观上去寻找美学，相信我们会谈得比较畅快。

画画给了我生活，也让我从中读到了哲学。

2014 年 5 月某日晨

早起翻书，从书堆里翻到《祭侄稿》，更坚信情真意切乃人品、画品之首要，也是艺术作品传播久远之首要。风格固然重要，但如果不正中情感的下怀，就一定走不远。每个人都有自己独特的经历和情怀，走着走着，你会发现自己正在"回头路"上寻找自我，直至找到自己的"母体"，然后去抒发表现，同时表达自己对世界的看法。可能你激动得无以言表，可能你表达得幼稚拙劣，但终会说出自己的话，那是"真我"，那是格格不入的"真我"。

越是离"泥土"近就越朴素，这泥土可以是冰冷的水泥，可以是高山的岩石，可以是平原的沃土……哪里都有人，而我们最为重要的就是画"人"。

夜落千潭。大概告别太久，山上的野枇杷早已让鸟儿吃完了，山路边金灿灿的小野菊也凋谢了，只有阿姨和吴家兄弟的两只狗还记得我，狗儿们在漆黑的墙根下不停地摇尾喊叫。水田旁的蛙声和山间的鸟叫在灰蓝色的夜色里响得悦耳动人，大半个铮黄月亮挂在山顶上。寨子里的人大都已进入梦乡了，还有几盏窗灯在亮着，有些家里可能在灶边剁猪草，有些可能在剥毛竹笋，待到赶场天去卖，还有些刚有娃儿的夫妇在喂奶……天气有些闷热，初夏就要来了。坐在村口的画室里，周围堆放着这几年的画，大部分都不满意，只是它们镶嵌着我对这个寨子的记忆，那些孤独的春秋是多么可贵。我不喜欢别人说我多么不易、多么有毅力地守着一个村子画画，我认为待在这儿写写画画其实是很享受的。当夜深时，守在窗前直到寨子里的灯全部熄灭，只有我的灯边有众多的黄蛾在扑打，那时的心极其安静，然后再看看白天的画，读会儿书。

每次外出归来都会有新的想法来面对这个寨子，想着该如何做出新的作品。

龙求成站在黑色的蚊帐边上，让我感觉单身汉系列可以做出来。

2014.07.03

用近乎单色来做画，如果红色占大片就用红色来画；如果色彩很多就用多种颜色来画；如果以两三块颜色为主，就用两三种颜色分开来画，如果无光影，就减弱色彩的明度与刺激度。

但一定要有惊喜，要让人觉得这么画是为什么，要增强画面的多种可能性。

将墙上贴的年画、明星头像等拼贴在一起，经过时间的积淀，纸张发黄之后，又有新的纸张贴上去，这个过程本身就很有趣。

矛盾的画面让其更矛盾。

当走投无路时，反面、思路还会有转机。只要你不要"逃避"。

作品的单纯性非常重要。

2014.08.25

学生打算去美国做个展，要我给意见。我说：一，你不应该带中国的"土特产"前往，而是带人性价值相通的作品前往，光带点架上绘画，意义不大，露脸要有力量；二，对于自己所处的时代，应有社会关切感，并要有独立的思想和自信去传达与展览相关的推广计划；三，逛博物馆并不重要，而要去了解当地的社会与最前卫的艺术形式。

打开眼界与思路.

2014.11.20

艺术家在做人类学家做的事时，定要中立客观，要细腻体会单位个体在社会中的细致变化及变化时的背景，你的所思所想要尽可能以自己擅长的方式呈现。

总想在艺术学与社会学之间找个缝隙. 把自己放进去. 去触摸它们之间的暧昧和联系!

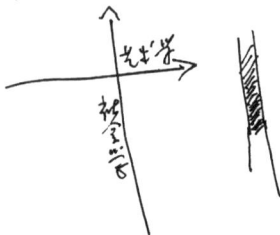

2015.05.14

今天身体舒服多了!

上午将 2012 年的一张画搬到求全家门口,准备对它作修改。之前曾拿到长沙,反复看了之后,去年年底又带回了凉灯。三年前的现在,同样下着雨,同样有稀稀拉拉的蛙声,同样是葱绿的山林,当时求全老婆肚子里正怀着他最小的儿子良伟,我的小儿子也未出生,现在良伟已可以调皮地摆弄我的调色板了。原来画面上有几只小鸡,现在我画画的角落正蹲着六只小鸡。

修改一张"三岁"的画,得再次"怀孕",时间要久,有了满满的情感和充分的把握才会重新诞生出好的作品。有些东西在现实空间里消失了,但却留在了画面上,你会沿着它去追寻三年前那个季节的自己及与它发生的触动。孩子长大了,人也老了些,我的体会更深了。

这三年来,我的收入好了些,负担重了些,认识的朋友多了些,也增加了些与社会打交道的经验。有人说我成熟了,我知道里面有褒贬。的确，有时会去主动巴结一些人，有时也会虚伪，这些我厌恶的行径偶尔会成为我的生活。但我时常告诫自己做个善良的人，这是一个伟大艺术家的根本。

2015.05.17

把没有精神的东西表达得有精神性，还是把有精神的东西表达得没有精神性，这是我最近一直所彷徨的。

2015.05.19

我没有什么技法，也未学过，甚至形也很难画"准"。我的大部分油画都是隔了很长时间又反复修改、推敲而成的，有些改好了，有些未改好，没改好的先放下来，情感上涌时，再琢磨下笔。这个过程我很享受，享受周边的声音和形状，如同耕地，先翻土，再整碎起垄，挖坑播种，第一年种豆角不行，第二年再种辣子，最终定会找到这块地的归宿。

这些"缝缝补补"的画面或许会给人些许温暖，点滴乡愁。

2015.06.12

我犹豫过，自卑过，几个好心的老师跟我说，你要做大作品，你又那么喜欢普拉斯多夫，你也应该画像《拖拉机手的早餐》和《收获的季节》这样的作品。我彷徨了，试着画了好几张构图，总不理想，也没什么自信，远不及我画的几个锅碗，我难受了好久。我的梦想是成为伟大的艺术家，但现实是出不了伟大的作品。前面顿时没有了路，不知往何处走。我将难过写在速写本上，渐渐地我不难过了，如同村民们到了春天就去耕地，到了秋天就去收获，把不安和微笑放在地里，把希望放在白云上。

我是水田，那就生长稻子；我是草原，那就安心长野草吧！只要有土地，便能长出壮实的生命。

你们是知道的，青春期夹着梦想，有时有追求，有时无头绪，但至少应该有个方向。

2015.06.30

艺术家应该要"应景"。应自己的景，找到自我、愉悦；应时代的景，找到共鸣、格局。这两个缺一不可。

2015.08.09

画写生的意义是微弱的，突破画面本身往往极为艰险，只有多去尝试找到自我，并定好位，了解纵向的艺术史脉络，关注横向同时代的艺术家，做一个有社会关切感和历史责任感的人，做一个独立并能消解孤独的人，作品具有世界性，能与外界对话交流，你的存在才有意义，否则你的整个人生都是徒劳。

2015.08.20

让颠覆装满眼睛，去延伸新的可能，忘记身后的欢呼，继续行进，迎接可能的责难和尴尬，开出血色的花。

2015.10.06

爱人说要躺在我画过的芦苇里，仰望山涧和飞鸿，这样，她便能读懂我故乡的河滩，读懂我们相约的鱼塘，也能读懂凉灯山谷若有昭示的精灵。秋风起，苇絮飞舞，落在爱人的梦里，留下它，那是串联我生命和艺术的线索，是我们度过余生的本钱。

2016^年

2016.03.28

敬畏自然，别让它沾上自己的世故。美妙的风景并非一定是壮丽的，或许也藏在杂乱间，但一定是温存的。画画不易，得掏心掏肺去与对象谈爱，说出自己的营造方式，讲出自己的冷暖感受，甚至是啰唆的，结巴的，不招人喜欢的。

2016.05.06

前些日子难受，甚至怀疑自己会不会画画，这日子过得心惊肉跳，画的草稿构图一遍遍被否定，到昨天下午画面终有起色，心情才稳定下来。搞艺术的都自私，但也多半心地善良，关心世界；大部分时候，会因作品的好坏而影响心情；最可怕的是艺术家并不需要任何人去怜悯，只需要自己用勤劳和思考去解决。

2016.10.23

给我一点光，我就会奋不顾身。

寨子的灯在深夜时只有我这儿是亮的。尽管四根灯管坏了三根，四面八方的蝴蝶、飞蛾仍然拼命地撞击玻璃窗，有的从窗孔外撞进来了，有些还在扑扑地继续寻找窗孔，进来的在这间狭小的屋里乱飞，大部分都在扑向那根光秃秃的发亮灯管，有些则飞到我的被子上、画台边、杯子里。

第二天起来，这些蝴蝶、飞蛾屋里一层，窗外一层，有的像人脸，有的像猴脸，五颜六色，甚是悲壮。

到了晚上，又是这样。

开始我比较讨厌它们打扰我画画看书，有的还飞到茶杯里，后来细想，其实我和它们一样，都在这小屋子的现实空间里一起追求。关上灯，我们是一样的生命，一样的时光流逝，一样的渺小。天亮了，我们的形状、方式不一样，我们的牵绊、肩负不一样，但谁又会在意生命在日月升降时，其面对自身价值的节点是从容还是挣扎呢？我想起当代艺术家蔡国强的《狼》，一群狼撞击前面巨大的透明玻璃，一只接着一只。你可以解读其为信仰，也可解读其为生存……

人·事

2010.10.19

晚上又去了吴有保的家，刚进门就听见老两口吵架，只停留了一会儿就走了，今夜是画不成了。吴有保虽脾气不好，但人很热情。

单身老龙今年收了一千多斤谷子，卖掉一些能赚几百块。养了二十只鸡，死了十只，为了防止鸡瘟复发，便将鸡放在山坡野田里。鸡每天都很快乐，老龙偶尔会去看看坡上的鸡，隔三岔五把它们抓到竹笼里挑回来过夜，第二天天亮，又送回山坡。第十只鸡是10月10日死的，将它寻回来，扒去毛，连同死去的鸭子一起放在火塘上吊起来熏烤。养了十只鸭，死了七只，剩下三只与老龙在一起过日子。另外还养了三只狗，两只公狗和一只正怀孕的母狗，好点的狗能卖二十块，一般的卖十块左右。

以上皆为老龙的财产，日子过得清贫知足。今晚去他那儿画画，他要送我两个凉薯，我坚持付了他十块钱，且拿走了好几个。

2010.10.23　暖和

太阳光已从屋檐走到了晒谷坪。

老龙依然守着那堆不多的谷子，挑出石子、草穗之类的杂物。他家的黄狗躺在旁边，享受着暖和的秋阳。老龙这张褐黄的脸在黄灿灿的谷子里显得特别突出。他时不时望着对面山坡上的那块地，地里有几个草堆和他那十只一斤多重的鸡。风刻着他额头上的皱纹，他卷起一支烟，"叭叭"地抽起来。隔壁的寡妇啊，你是否已闻到这臭烟味，今晚过来跟他睡一夜。阳光走到寡妇家的半堵泥墙上，寡妇背着一篓子红薯茎，赶着一只母猪刚回来，大脚上还沾着山里新鲜的黄土。母猪朝老龙的谷子走来，老龙只看寡妇，没有理会母猪正在吃他的谷子。他想赶走它，却不能赶走它，老龙知道如果赶走它，寡妇就会吆喝它进猪舍。猪吃够了，和它的主人消失在老龙的视线外。老龙只能见到紧闭的木门，寡妇那白皙的小腿肚不知什么时候能再见到了。老龙又开始挑石子、草穗之类的杂物，阳光已上了树梢。

2010.11.09

前几天老吴带着小狗去赶集，卖掉三只（十块一只），送人一只。得知此消息，感觉生活中好像少了些东西，因为往常一到我们吃饭的时候，母狗便会带着它们来，我和老婆常常拿着吃剩的骨头逗它们。

白天，老婆去凤凰除了办些事之外，最大的愿望就是洗澡，但她只看到了一个澡堂，且水不热，办完事已没时间洗，只能返回住处，还带回些画框杂物。我去村口接她与詹佳，东西很重，他们很劳累，我挑得都累。深秋的晚上漆黑凉冷，先在井边打了两桶水，后在住所后面的菜园里摆了几块砖，架起干柴生火，又借来吴家兄弟的黑铁锅烧水。在厕所里给老婆生了堆火，她洗澡时可以一边取暖，一边照明。我在一旁烧水、换水。快洗完时火里一根湿柴爆炸了，炸得她满身的火星，幸好我手快，赶紧用棉袄包住她。本是很愉快的洗澡，结果很难受，老婆冲着我大发脾气，我也十分憋屈。

这里的条件的确是有些艰苦，对于老婆来说是为难她了，但对于我来说不算什么，相比在外写生，这里安定多了，也舒服多了。

2010 年　年关

从 5 号到 10 号，没思考什么东西，主要就是没命地画画。在赶场的集市里挤来挤去，有时拿着画箱，有时拿着个速写本，提着个水粉盒子，满身的泥泞渣、炭笔灰、颜料，还有苗族赶场人的气味。我来这儿就是冲着这股气味来的，冲着年关来的，因为只有年关这个时候我没来过。我喜欢这里的水土，还喜欢与水土发生故事的苗人。我没有沈从文的文采，但有颗滚热的心。我发自内心地爱这里的一切，如同爱母亲和女友一样，隔三岔五就会想念这里！想念他们是否背着背篓、提着鸡、挑着柴、赶着猪，在去集市的路上或是回家的途中；青年人是否在路上遇到了集市上心慕的爱人，中年人是否在路上遇到了几个相好，跟谁讨论肥料的价钱或是猜点子赢了几块钱，手气好、赢了钱的打半斤烧酒，一起喝上两杯，然后醉醺醺地道别；老年人是否在路上说谁的牙修补得好，谁家的小猪长得快，谁家的女儿嫁妆办得隆重，还摄了像，舅舅家送来的贴满百元大钞的贺匾挂满了祖堂，礼炮挤满了村口，苗家银饰戴满头，被子堆满了堂屋……

2011.01.30

今天是逢七，赶腊尔山的集。一行四人，三个小女孩，都是千潭村的。

腊尔山的雪比千潭村的要厚、要冷，山也要高。到了镇上，人密匝匝的，路面上尽是稀泥，车也多，车上挤满了人，都是购好年货准备回家的，很多都是货车装人。有些车顶上也坐满了人。集市上最引人注目的就是非主流的年轻人，头发花花绿绿的，与苗族老太太的头饰一样，很有趣。卖腊肉，卖鱼，卖鸭子，卖鸡，卖瓜子，卖花生，卖甘蔗，卖新衣，卖小吃，等等，琳琅满目，人山人海。

下午回来，在村口的小石巷里遇到苗歌王的老婆疯妇人，她给了我三个糍粑，我不想要。由于给得很着急，糍粑不小心掉在了石板上，这是她第二次送东西给我，心情很复杂，还是接下了她的礼物。她自己过年还缺物，但不接又怕她难过。其实她并不疯，她懂得感谢。

早上，吴家奶奶打糍粑，他小儿子来叫我时，我已赶早出去拍照了。之后，没在对面黄奶奶家吃早餐，跑到吴奶奶家吃了一块糍粑，给了她二百块钱过年。

2011.01.31

今天是年前山江赶集的最后一天，人同腊尔山一样多，其中卖肉、卖鸡鸭的人最多。他们一般凌晨三四点就已把摊位摆好，特别是这年关，起早能摆上个好位置实属不易，都想在这难得的时机赚上点钱，所以各种吆喝声此起彼伏：剁肉的声音，鸡鸭的叫声，讨价还价的声音。年轻人抓紧最后难得的机会瞅瞅美女，说不定运气好，会遇到自己未来的婆娘，遇不上看看也行，过了年，年轻人就都出去打工了。苗族汉子对本族女子有一种情结，一般不找外面的女子，他们赶边边场，大多是动真格的，如果在赶集时遇到了心上人，说不定年后就是吉日。苗族订婚、结婚不会选一、六、七这三个阴历月份。

我在集市上一边拍照，一边心里会有很多想法。如拍一个纪录片，叫《回家》，专拍市集上的场景。那么多张朴实的面孔，那么多有趣的瞬间，回到家乡的年轻人搞着各种奇怪的发型，外来文化强力冲击着苗文化，似乎要将其吞噬，只有语言还留存着，好像是最后一道屏障。

我在给小吴的"非主流"朋友们拍照时，发现了有趣的东西。他们背后有一个妇女拿着很多鲜艳的气球叫卖，旁边几个苗族老太太着苗装也在卖东西，前面有一堆垃圾，垃圾边上躺着一只鸡和一只鸭，还有电杆上写着的治疗性病的广告，这些元素摆在一起就很有意思，很当代。

2011.03.03

下午五点又回到了阔别已久的十潭，开始过起了我想要的日子。早上起来拍照、吃饭、画画。到晚上，看看自己的画，到处走走，写点东西，泡个热水脚。偶尔去田间给自己种的菜泼些大粪，拔锄野草，日子过得惬意充实。

走到村口，村子静静的，年轻人基本上都出门打工去了，剩下的几个年轻人都准备在二月初九结婚；完婚后，小两口便出去挣钱，屋里交给老父老母，等到下次腊月，家人再团聚。

小学后面的白菜长得迅速，大蒜比年前要挺拔很多，老吴的两只鸭子都死了，少了一些吵闹，多了一些宁静的春意，后面院子有泥土的空地上全部长满了野草。晚饭，我炒了一大棵白菜，真是好吃，吃了三大碗饭。活在村子里，吃自己种的菜。

沿路在车上的疲惫全部没了。

农历二月初四和二月初六，有两户人家要在千潭村分别举行结婚典礼。两家都比较熟，都要去喝喜酒。

吴家爷爷近段时间在闲置的山地栽了五百棵杉树，他这么大年纪还栽这么多树，他的价值观真是值得敬佩。他每天早起晚睡，没有空闲，家门口堆满了柴。在这里，看一户人家是否勤俭，就看他家门口的柴火堆放得多不多。

今夜星光璀璨！

2013.01.28

路过老家寨，从木门外看到了那位伟大父亲的（九年以来一直关注的一个八十多岁、前年八月去世的老头）智障女儿，进屋看到了老人家在外打工的儿子和智障媳妇，还有他的两个孙子。快过年了，都回家了，今晚月圆，愿他们有个好梦！

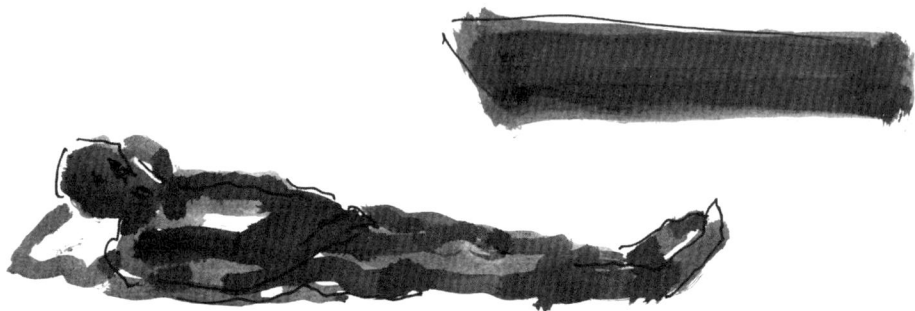

2013.02.03

一

秋衣是在千潭洗的，上面有腊肉味，秋裤是在家老婆洗的，有
香皂味，昨天洗完澡将它们穿上，今晚穿着它们乘火车回家过年。
秋衣和秋裤分别代表两块土地，也是两种难以割舍的归宿。老婆最近
抱怨带孩子太辛苦且离我太远，我想安慰却无法开口。老婆说："就
让你穿上这身尴尬的内衣坦荡荡地回家拥抱你的儿子及父母吧！"她
说这话的时候，电话这头的我正满身羊臊味、颜料味地在写微博呢。

二

三大碗：一碗猪肠，一碗干辣子炒猪杂，一碗萝卜炖排骨猪血，
喝的是猪苦胆汁兑烧酒，吃在嘴里又烧又辣、又腥又苦。举酒碰碗，
好不热闹。临近年关，在凉灯的日子会体会得更加凝重，将这凝重
转移在画布上，就是说出了这里的生活。

在外游历一月回凉灯，还是喜爱画灯光。画完刚收工，心里踏
实无比。

2013.05.07

这几天在画一个临危的病人。他们说年轻人不要到这里来。

前天画了一位叫卿安冶的八十岁老人，他是新华游家镇人，患矽肺结核、肺气肿、冠心病，生活不能自理，幸好有老伴照料。退休前在矿区工作，因患重病，在这医院住了三年多，老两口住在狭小的病房里，共睡一张狭小的病床。这里居住着很多像他们这样的人，因为肺结核会传染，故看他们的人很少。上午八点多打吊针到十一点多结束，剩下的时间就要在有限的空间里打发掉，还好这里较为偏僻，可以种些菜，喂点鸡。忽然我想起在千潭苗寨种菜的事，白天画画，傍晚挖地、种菜，晚上读书、写字。其实我的日子与他们极相似，都在一个圈里，若非得说个不似之处，那就是生命的质量，他们劳累一辈子，我却可以享受一辈子。

中午饭是老婆和儿子坐摩托车从家里带过来的，老婆特地做了我爱吃的虎皮青椒。看我多幸福！

刚一不小心睡了两小时的午觉，窗外的大雨还在落，医院闷燥的走廊里漆黑一片，走廊尽头窗外的绿光像极了天国，两个雕塑般的黑影显得格外幸福和顽强。

2013.05.29

前天去呼吸病医院继续我的纪实作品《与两个矽肺病人的对话》。回来的路上，看见上次访谈的老两口正在给玉米打药，玉米长势很好。我问老太太种这么多玉米能吃完吗？她说吃不完的喂猪。老两口在医院附近养了头猪，能卖点钱，解决点吃药费用问题。但她年纪已八十多了，上次对她访谈时，她是哭着跟我说家里的不幸的，老头倒是坚强地笑着。我想，每个人都要活得厚重并活出对生命的尊重。

读四年前的记忆，不知他们过得好不了

2013.07.07

再次回到千潭村，已过半年光景。天色已暗，村里还是像以往那样安静。

苗歌王的残疾儿子终于在千工坪找了个媳妇，但这媳妇除了生孩子之外，基本上什么也干不了。原先装柴的房子收拾出来用作新房了。两个月前在家里完婚后，待了几天他们就去福建打工了，留下结着蛛网的新家具、五彩的塑料薄膜及画片。

求望的老婆又生了个儿子，已有两个月大。

村里几乎没什么游客，自忠的照相业务也没再做，老龙便失业了。这都与凤凰的"门票事件"有一定关联。珍亭生意也不太好，每天只是接送孩子们上学、放学。

2013.07.09

8日下午做了一个小雕塑，模特是双赢的父亲——一位将死的八十六岁的老人。大约做了两个小时，因为他老要起床上厕所，回来时，已不是我要的那个样子。9日上午改了一会儿。

8日晚上做了双赢母亲的小雕塑，很快，因为她在搭着的椅子上睡觉。

今天去了求全家，黄灯下智障母亲正为四个孩子做晚饭，菜是煮黄瓜。看到他们就想画画，那场景感人至深。

还去了海洋叔叔的家，他仍旧是在深黑的屋里孤独地抽烟，也不说话。

凉灯村貌有点改变，老的电线杆全部换新的了，马路从三叉河绕到五组、四组、三组再到二组。龙老师房下面的老单身汉患重病已不能自理，去了老家寨的女儿家，由女儿照料饮食起居。他那过去洁净的院子和整齐的篱笆如今已荒废不堪，如同生病的他一样。

龙老师新建了一座烤烟房，大儿子在家里帮忙，两个月前大媳妇生了个小孩（患唇裂）。

2013.07.31

晚上听说那个三十八岁的光棍在半年前差点喝农药死去，幸亏发现得早，送到凤凰洗胃抢救过来了。

他去年上半年从外打工回来，决定陪他八十三岁体弱的母亲。为了祈祷母亲的身体健康和自己早点有个婆娘，光棍特地从山江买回两头花猪，准备在年终时做一次大法事。谁知他的母亲整日唠叨他未娶媳妇，加上自己的确没钱娶婆娘，心情郁闷，母子俩在小土屋里闹得很不愉快。他想了却自己的生命去另一个世界，也许那里有他想抱的女人，但他终究未死去。现在身体不好，白天躺在床上，仍旧与母亲一起过着矛盾重重的日子。我宁愿相信他爱上山间的洞神，也宁愿相信他将娶个只会生小孩、不会做其他家务的智障女子，只要有个企盼，哪怕这个企盼是虚无的。我还想，他可以像其他光棍一样在赶场天花三十块钱去嫖一次。但他不去，他说花钱多，自己也不喜欢干那种不干净的"勾当"。去年一次赶场，他打扮得异常整洁，还弄了个发型，就是为了去见网上一个姑娘，后来这事却没了结果。每次到他那个土屋里，他都安静地蹲着，听着那粉红色的手机里反复播放的那首《粉红色的回忆》。夜已深，愿他有个春梦，里面有他粉红的回忆。

2013.08.08

昨晚画画回来，要去洗澡，海洋说井水又被上次玩泥鳅的几个小孩洗了狗肉，村里一个大嫂刚将井清洗干净，现在没水洗澡，要等一个多小时之后用勺淋。其实，那些小孩并不小，都已十五六岁，干了这缺德事，家长也不教育。村民们异常愤怒，却碍于同村同族的情面，闭口不说。前些天的一个晚上，凉灯村组长将井水抽干放到了自家田里，导致第二天全村人都没有水用。他有块水田临近村里唯一一口有水的井，村里洗刷的水很自然流进他的地里，即使地里有多余的水，他也不允许别人抽。五十年一遇的干旱将人的自私本性如镜子般照得清清楚楚。自私是天性，但损人坑人的自私霸道也许是你我的怂恿和懦弱造成的。一个如此偏僻的村寨尚且充满各种矛盾和纠结，更何况我们的周围，我们的都市，我们的世界。

夜晚，黑山头上有一颗明亮的星，山的那边是童年的我。

2013.08.10

前天贤周的奶奶摔了一跤，本来她已不能走路，完全靠椅子支撑着移动，跌倒后便卧床不起，吃饭全靠子女喂。前年画过她两张像，那时八十多岁的她还能做针线活儿，还能下菜地劳作。前一阵子去看她，她已不在原先靠灶和碗柜的床上睡了，屋的最右边角落已搭起个简易的床，她所有的东西都放在这个床边，她认为人入土之时不能弄"脏"其他地方，怕有晦气。看着她干瘪的脸对着我哭说着听不懂的苗话，心里一半怜悯一半敬仰，怜悯的是每个人都有老的时候，敬仰的是她在耗尽生命的前夕以最卑微的形式守护生的世界。她是不愿离去的，因为屋外有熟悉的鸡叫鸟鸣，门口有熟悉的菜园篱笆。屋顶上一个瓦眼里投下了一束炽白的光，照在她褐瘦的手上却是温暖的橙黄！

2013.08.12

半夜画完归来，看完画面效果，一群画痴们便到井边洗冰凉水澡，脱光衣服说野话，比屌大小，互泼刺骨凉水嬉闹；洗完后到希望小学小坪上裸体品普洱茶；将灯全部关掉，看星星、谈艺术、说爱情。第二天起床不洗漱就去调整画面，海洋做好饭后会电话通知。现在几乎每顿饭碗里都有尖红椒和西红柿，天热干旱，老这么吃有时难免有点问题，但画痴们都挺了过来。虽然每天很辛苦，但小年轻们还是会趁夜想女人，晚上睡在课桌上做春梦，早上起来鸡鸡翘得老高。这日子应该是好过的，至少以后回忆起来是美妙的。

2013.08.14

昨晚海洋做了我最爱吃的芦笋，开了剩下的几瓶啤酒，为我饯行，晚上十一点才吃完。谢谢海洋起早摸黑煮饭给我们吃，谢谢同床不同枕的于大师送行，谢谢龙老师、相文、颜彦、珍亭、延松送行至车站。凉灯，出去些时候再回来！

2013.11.14

老光棍还没有回家，仍住在老家寨女儿的家里，听说他的身体已经恢复得可以赶场了，但不知道可不可以去场上找那大奶子的土娼。我心里是希望他可以的，那样他会快乐些。尽管他已快八十，但去摸摸壮实的奶子是生活里仅剩的乐趣，也是他生命里高贵的支点，不比我们有着过多虚荣的牵绊，他的唯一乐趣倒显得更为自在。

他凉灯屋坪上的那棵光秃秃的褐皮梨子树、几根纠缠在干枯柴枝上的长着黄叶的南瓜藤蔓、一簇簇嫣紫红的鸡冠花、一排由青石板垒起的篱笆，还有门檐上勤劳的野蜂子……它们都在等他回家，等着他从场上拎着一塑料壶苞谷烧快乐地回家。

2013.11.15

阳光透过玻璃窗照在我的被子上。龙老师一家今天很早就要去赶场。他爱人这几天忙着在山上挖一种叫"黄金"的草药，准备一大早赶到场上卖个好价钱。龙老师则去麻冲乡喝同事的喜酒。他们走时已经帮我把饭煮好，菜是昨天剩下的辣子、萝卜和白菜，需要自己将菜放到锅里热烩。煮菜比较简单，将火生好后，二个菜连碗放在已经放好水的锅里热。中间将袜子、内裤洗了，实在是没得穿了，还打算趁天气好洗个澡。前些日子和朋友在一起，生活待遇很好，几乎每顿都有肉，现在一个人要清苦得多，我倒也喜欢这样过日子。若将画画比作是种田砍柴，我就得跟这里的人一样，需要把自己平稳地放进去，作品自然会展现我的看法和观点。

2013.12.04

傍晚，千潭小叔打来电话说奶奶昨天去世了！生前还惦记着我和小彭。听到这些心生悲痛。一个月前去看她，她住到了凤凰女儿家里，约四个月不见她了。2007 年，我与飞林去千潭时就住在她家，我们每年都会去看她。她对我们两口子特别好，还给儿子绣了精美的鞋帽作留念。现在常回想那些难忘的日子。六年了，我有了妻儿，时间太快！我仍将回到那里画画过日子。

2014 ^年

2014.03.19

中午从娄底到冷水江的火车上下来，满鼻子的煤炭味，呛得人焦躁不安。

傍晚，我跑到龚老师家喝茶，得知昨天金竹山煤矿发生了瓦斯爆炸，且死伤不详，心痛不已。眼前浮现出过年前的一个中午，我画完画后去食堂吃饭。在门口，我看见一个黑脸上流满血的矿工正坐在水泥地上吃饭，衣帽未换，一看便知刚从井下出来。我问他为何不马上去就医，他说吃饱饭再去。那个中午我难受得咽不下饭。这次事故希望他不会出事，后来打听到此次灾难死四人、伤十四人。

晚饭后，我去冷水江第三人民医院看了这些伤员，有三个伤势很严重，那三张充满血渍、被药和纱布包裹的脸已看不清五官了。他们的家人正不安地蹲在病房门口，有些正接着电话，听着手机那边的安慰声或哭声。伤势较轻的大都是头部被瓦斯烧伤或重物撞击引起的腿部骨折。他们的年纪几乎都在四十五岁，均来自冷水江周边县的农村，且家境不好。

在这些伤亡的矿工家人难过的同时，作为艺术家的我在想，这事发生在我熟知的地方，它将会成为我冷水江艺术项目的一部分，也将成为这个工业城市历史中较为悲痛的一页。

2014.05.12

晚上准备改一幅前年夏天的画。我和海洋背着画具冒着小雨来到一户人家，进门看见四个小孩正在一张木床上嬉笑，其中一个赤裸身子的玩得尤为兴奋。电视里正播放着中央一台带有悲剧色彩的《十送红军》，里面煽情的哭声与孩子的自然吵闹揉在一起，显得极为诙谐。此时大人们都不在家，听说去悼念村里一个刚去世的老人了。等了一会儿，海洋要一个大的女孩去叫她妈妈和奶奶回来做模特，这女孩答应后，带上个伴就出门了，十分钟不到，她母亲打着伞急匆匆地回来跟我道歉（前几天我曾跟她说过），解释说因为亲戚去世，这三天都没空。于是，我将画架摆在她家里，画放在隔壁的光棍家，等丧事办完，再过来改画。

这户人家较前年稍有些变化，堂屋正面的黄土墙壁上贴了两块鲜红色的塑料布，放电视的两只老木柜下贴了十几块白色的瓷砖。这土屋里的新旧陈设显得极不和谐，甚至令人发笑，但这也可能说明他们的日子相比以前好过了一些。几乎所有的农村都有这些矛盾的变化，它不协调，但却真实。外来的经济文化正侵入到他们生活的方方面面，撬动着他们的价值观念和行为认知，也令他们开始疑虑不安。

而今每个人的故乡都在沦陷，或许世界把这偏僻的寨子已经遗忘，而这个寨子却始终不会遗忘这个世界。

2014.05.19

带儿子赶集，爬山上凉灯，让他体会父亲曾走过的路。尽管他现在不懂，但长大后自然会明白的。这是他第一次爬高坡，摔倒了好几次，但最终还是到了目的地。我拍了好些照片记录他。

2014.05.24

今天上午凉灯很热闹，来了一大群不知名做慈善的人，给村小学发放了很多物资。我带他们去了龙求全家，其中好几个女孩都感动到哭。他们慷慨解囊给予了求全家些许资助，内心对他们充满感激。上午我没画画，赊了两只鸡，煮了两锅汤给他们喝，但大部分都剩下了。他们一走，村里又恢复了平静。等会儿就去求全家开工。

2014.06.30

老吴给我写了一份"评书"，大部分内容都是在夸奖我。

老吴渐渐对老婆好起来，他老婆到中午才回来，她上午去另一个村子悼念一个刚过世的亲人。回到家换鞋时，老吴亲自帮她取凉鞋，这个动作对于"孤傲清高"且脾气暴躁的他来说是很难得的。他有了老婆和孙子的陪伴，不再孤单，对生活重拾信心，笑容也渐渐多了。灶台上碗筷增加了，屋子整洁了，家里也温暖了。

白天在他家画了三张小画，《堂屋》系列也有新的发现，笔触与颜色变得更纯粹。

晚上在黄阿姨家画了一张夜景，感觉不错。忽然发现，画一些所谓局部的小画反而更有意思。

每次遇到张生，他都会叫我"黄先生"，然后说自己没有钱，又说凤凰哪家按摩店女孩漂亮，你们年轻人可以去搞搞，我们老头子搞不动啦……

他有性瘾，收藏了许多"毛片"，尽管被他儿子烧掉一些，但还是有几张精彩的被他藏在柴房里。儿子外出打工后，他便拿出来"欣赏"，村邻也都慢慢习惯了。当然，他也点燃了许多留守老头包括我的"春天"，不能不说，他给村民平时无趣的农忙生活增加了动力和乐趣。他已七十多岁了，对性还很迷恋，隔几次赶场总会去"玩"一次。我还请过他一回客，自那以后，他一见到我就向我借钱。

2014.07.01

昨夜睡不着，感觉床上有许多虫子，这被子已半年没晒了，睡得浑身不舒服。早上起来撒尿时，屎冲得老高，见楼下有一白衣女孩从屋坪上走到屋里，突然想起三四年前，我和熊爽还一起与她吃过饭。那女孩真是漂亮，那时她才十四五岁，现在已有十八九岁了，好久没看见她了！

渴望出个大太阳将被子被单晒晒，错过了第一天来这儿时的太阳，今天应该有太阳吧，顺便将这四天的衣服洗干净，晾起来。

回住所时，又碰见了张生，他去千工坪赶场。黄家阿姨的菜太咸，她说是奶奶做的，因为年纪大了，已没什么味觉，只有多放盐才感觉有咸味。窗外有阳光进来，搂起被子出去晒，期待晚上能睡个舒服觉。

村子上头那个去世的老人家里已摆了白布黑布，悼念的法事今晚正式开始。

　　刚把几张棉被放在屋前坪准备晾晒，黄家阿姨也来帮忙，摆好后，还没进屋，一阵雨跑过来，我们又急匆匆把被子往屋里抱。今天已经不能晒被子了，幸好阿姨将被单洗干净，又用洗衣风干机风干，这样晚上可以将就着睡了。

　　晚饭在永富家吃的，他钓了半斤鱼。

　　夜晚的星子挂满深蓝色的天空，村子的四周是忙碌蛙虫的鸣叫，毛茸茸的弯月亮是天黑时挂在树梢的，此时已不见踪影。

打着手电去悼念那位过世的老人，她的家在村子最上头。听人说她才从浙江回来没几天就生病了，病了两天就死了。她家的前坪里围满了寨子里的人，大家头上都裹着白布。每个人进门就得喝一小半碗白酒，这是对死者的吊唁。来吊唁的人身上都冒着酒气，屋里挂着各路神仙，大门边上放着一具棺木，堂屋周围也坐满了人。做法事的人有五个，一个身着红绿相间的巫衣的道士在中间念念有词，其余四人随声附唱，长子长女手捧灵位，头挂白布条，率众亲属随道士拜前拜后。堂屋正中间放着死者的冰棺，冰棺上放着东南西北中各路神仙。他们这儿很少送花圈，一般都送红色的被子，被子上如果贴着几张百元大钞，就说明是很重要的亲戚送的。

今晚的法事会做一整夜，明天清晨 7 点左右出殡，她将会被埋在靠近千潭湖的山边上。

她是幸运的，在故乡死去，有全村人为她送行，为她祷告；如果在浙江，她会是孤独的。

2014.07.05

午觉后，提着画框出门，在路上碰到一个小女孩，我认得她，知道她有两个姐姐，一个哥哥。2007 年她应该是两岁吧，她二姐当时头很圆，鼻头下挂着两根不同长短的鼻涕，很害羞，我想给她二姐塑个像，她二姐吓得哭着跑了。现在她二姐个子高高的，是个大姑娘了。

我跟她说想去她家看看，她高兴地同意了。她领路，我跟着。到门口时，她爸爸正蹲在自来水管下清洗两片新鲜的猪肺，见到我很客气地打招呼。他脚下用水泥围成的洗菜池边上写着"爱妻池"，上面长着绿苔。我问他："是你写的吗？"他笑说写着玩的。

这让我想起了关于他媳妇的事。2010年9月我开始长住千潭村，我和老婆落脚在希望小学二楼的一间屋子里，因为学生都到镇上上学了，这儿成了个废弃的小学。那时，他经常跑到我住的地方找我喝酒，次数多了，有些烦他。每次喝到几乎醉的时候，他就会跟我说："我老婆五年前在浙江打工时被火车撞死了，我找她的单位，单位和火车站一样都不赔钱，政府也不管，我们是外地人，本地人都不理会我们，留下四个孩子，我负担太重了。"说着说着眼圈都红了，那样子有些狰狞。他以为我可以帮他，可我也只能打几个电话求助，最后我给了他几个法律救援中心的电话号码，叫他将证据搜集详备再去找他们，并跟他说："我不怎么会喝酒，你不能天天来找我，这样我老婆会不高兴的。"后来他再也没来过，听说出去打工了。

有一年春天，我们在去凤凰的车上碰到，我问他干什么去，他说："去麻阳栽橘子树，不赚钱不行啊，我那四个孩子要吃喝、要读书。"看着他的眼睛，我总觉得欠了他什么，但自己能力有限，除了画画干不了什么。那时候我也仅能糊个口，不知是不是自己平时显得太有能力，说起话来太逞强，以至于让他们感觉我能够给予帮助。类似的，如果自己遇到能力强或是有钱有权的人，是否也会"呻吟"着博取他们的怜悯以获得好处呢？我的确这样做过，带着卑贱的眼神和乞求的表情。现在想起来，这样的姿态自己还保留着，只是姿势可能更硬朗了些。我曾怀疑过这样的做法，如果这样的姿态仅仅为了生存，那我又该如何去看待生存和尊严呢？

他笑呵呵地看着我，我愧疚地递上一支烟，也不好过问他老婆的事，听邻居说他在外面找了个伴。他嘴巴里的酒气没有四年前那么浓了，脸上的愁云也消失了。他的工作是在浙江一个小镇上挖树苗，虽然很辛苦但收入还不错，这次回来看看母亲和孩子，过十几天就走。

2014.07.07

天上的星子与树林中的萤火虫连在一起，生灵与星辰交织，半个月亮正慢慢西沉，月光下还有银色的寨子和山头传来的几声狗叫。

连续画了五个晚上，前年的一张夜景终于修改完成，明天早上再起来看效果。

这段时间，吃饭顿顿有黄瓜，村里现在只有黄瓜，幸亏我特别喜欢吃黄瓜，小时候就爱吃。

2014.08.02

前些日子，凉灯遭遇连续三天三夜的特大暴雨，村里倒塌了六七间房屋，幸好有些倒塌的屋里没人，出门打工去了，屋里的东西都暴露了出来。有些倒塌的房子和路面，正在重新修整，他们忙碌的脸上跟往常一样平淡，这是我最敬畏的脸庞。

"故乡"真的"沦陷"了，赚钱再多，回来时房子没了，不知他们会怎么想。我曾想租用那些几年都不回家的苗民的房子作为我的工作室和住处，但他们并不愿出租。这不是钱的问题，而是一种信仰——老房子是他们最后、最安全的归宿。

2014.08.21

翻过几座山，走了好多弯，终于在山崖的河边接到了老婆和大儿子，当时已是晚上九点多。他们早上六点起床，赶八点的火车，幸好火车只晚点了三小时，相比前天晚点八九个小时，算幸运的。

到凉灯时，已是深夜十点多。谢谢兄弟们一起去接我老婆和儿子！晚上可以抱着他们睡个好觉！

2014.10.04

早上七点多出发，下午六点到的千潭。走进黄家，奶奶正在烧火，吴秀正在炒鸡蛋，桌上还摆了一碗辣椒炒肉，肚子饿极了的我暗想，来得真是时候。今天早餐岳母特地做了木耳炖鸡，由于太早，只吃了一碗饭，下午一个劲地赶车，因怕误车，一直没吃饭，到凤凰等去山江的车，等了一个多小时，原来是车的路线改变了。一路挨饿过来，见到饭菜，自然兴奋。鸡蛋炒熟后，端放到饭桌上的一刹那，我以为马上可以开饭了，但吴秀立刻用锅盖盖住菜碗，到一边看电视去了。我失望地看着锅盖里的鸡蛋，又不好出声。原来要等家人到齐后才能开饭。又等了好久，叔叔阿姨他们都回来了，才开始装饭开吃。

两碗菜，等三个在外劳作的人回家一起吃，哪怕人再饿、天再黑也要等，这是一种尊重，更是一种幸福。

2015.04.25

山径边的野菊和金银花在翠绿逼人的簇拥中尽情地绽放生长，布谷鸟在山峦中"巴公、巴公"，水田里的螺蛳、小鱼、水虫、泥鳅在泥泞中上下舞动，蜜蜂们在最后几朵晶黄的油菜花里嗡嗡劳作，生命在泥土里、石缝中、墙角边、屋檐下忘我地欢呼，贤周的奶奶瘫痪在床上，望着门外熟悉的春色。

龙丙元的病好了许多，躺在床上，最爱他的人正在给他烧洗脚水。

求成在黑漆漆的屋里吃晚饭，木桌上摆着一碗烤黑的腊肉。

天黑了，求全仍没有回家，智障母亲忙碌地照料三个孩子，火塘里的青烟升起，火星闪烁。

金平三月份到浙江萧山打工去了，走的时候，把家里剩余的水果分给了邻居。

再生也去了萧山，他唯一的亲人——母亲——年前去世了。

四十岁单身的他们临走前一个晚上，龙老师为他们编了一首苗歌，他们边唱边哭，哭自己的父母过早离世，哭自己仍是孤独无依。

双赢去了云南打工，要见那个去年对他有意思的姑娘。

双赢的老母亲过不惯城里的日子，执意要回家单独生活。

金海两口子和女儿在武汉的腊肉炒饭生意越来越不好，他老婆肚子里的孩子等待降生。

春色最美的时候，年轻人却都要出去讨生活。

我背着行囊，从远方来，来到他们美丽的家乡讨生活。

2015.05.07

这里的小朋友让我嫌、让我乐。一大早，还在梦里，他们就来敲门："叔叔我要喝水。""辛苦你们不要找我要水喝，好吗？""就喝一点点，要不就给点吃的。"只要是周一到周五，每天他们就以这样的方式喊我起床。

我去别人家画画，他们下了课就来要点废纸，弄点废颜料涂鸦。要是不给，就挡住光，有时不得不满足他们的要求。要是坐在石板上休息，他们就要和我玩游戏；如果不理他们，就趁着我在屋里，扮鬼从各个黑漆漆的角落里出来吓我；如果没效果，就扮僵尸跳过来露出门牙；要是这样还没吓到我，他们才会觉得无趣离开。

有次我搬画出门看画面的大关系，几个胆大的小孩用棍子挑个偌大的死癞蛤蟆扔过来，这回还真有点怕。但我拿着蛤蟆又扔了过去，胆子小的几个疯一样地跑了。这回我是真发了脾气，对他们大声喊喝。又过了一会儿，十几个小孩从巷口的石门边慢慢爬过来，扮成老虎、狮子、狗等凶猛的动物，张着手爪和嘴巴向我扑过来，我忍不住扑哧扑哧地大笑！

有时，这些可爱的家伙确实能打发我的寂寞。

2015.10.21

重阳节是在千潭吴奶奶家过的。她已去世两年，堂屋里挂着她的照片，家里的摆设还跟以前一样。我和老婆一直记得她对我们的好。2007 年春，我在她家住了一个多月。奶奶善良热情，大儿子出生后，她手绣花鞋、百岁帽相赠。2011 年画了幅她的油画和速写，油画当年被宜兴朋友收藏，速写留在自己手上。宜兴朋友前年专去千潭原地拍摄留念，而她已去了凤凰的女儿家安住，两个月后，她去世了。当时我在长沙，事后才得知此事。

她去世了，我也慢慢老了，儿女们长大了，山坡上的橼叶也慢慢黄了。这块土地会记住我们吗？

假如把你的生命借给我，我要用它来做什么呢？

现在白天短黑夜长，早上大概九点起床，一边等着老婆的面条，一边还要检看昨夜的水墨日记，在有些要修改的地方添几笔、刮几刀。吃完面，带上干粮和热水，去另一个"工作室"。

因为在屋里画，冬天天色不知不觉就暗下来，颜色也看不清了。这时，房屋的主人从地里挖红薯回来，把灯拉开，昏黄的光露出来。他开始淘米、洗菜，我也开始收拾画具、打扫擦笔纸、挪开画布，腾出地方让他筹备夜饭。他六十四岁，二十多年前老婆病逝，后未再娶，也无子嗣，据说他弟兄的一个崽过继给了他，现在外打工，难怪堂屋壁上贴满了明星画片。他爱整洁，又勤快，屋舍里堆满干柴，红薯一筐筐地放在帐边，灶台上干净，凳椅也摆得齐整。可越是这样，我越觉得这屋里空荡，越觉得他孤零。若不是堂屋里五颜六色的画片给他的终老带来些慰藉，他生活的祈望便会零落殆尽。

这些天晚归时，总带着遗憾走在路上：画得刚过瘾时，天就黑了，想着第二天定要早起，可当晚还是会被有些琐事缠至深夜。

这些天，我就是被这个老人揪住，被他的五彩堂屋揪住。

2016.01.18

从毛杜塘到凉灯约十里山路，自前年于建嵘先生对此路"质问"后，总算是修通了。但路面仅铺了粗石泥土，一落大雨，泥土被冲刷，路基的许多部分就出现塌方，裸露出巨大的石块。坐在车上，像小孩玩的投币摇摇车，颠簸晃荡，加之近些天冬雨连绵，路况更为艰险。我和海洋半夜总算摇到了凉灯，到了村口即刻向老婆报了个平安。

冬夜的凉灯寒冷平静，半边月亮躺在山头的枯枝上，雪亮的星子一簇簇地撒落在静默古老的天边。村口求全家的弯形田埂边上蟊着草垛，拉出斜长的影子，土墙上染着银白的月光，半夜的第一遍鸡鸣。我背着包走在石板路上，往龙老师家走。他家灯火通明，柴灶里发出清脆的吱吱声，明天是他家的大喜日子，五天前一个带"把"的孙子终于平安降生，之前的六个都是孙女，这次，龙老师一家总算扬眉吐气了。孩子出生的第七天吉时要举行取名仪典，亲戚们在今天都已聚齐，一起见证明天的"历史时刻"。这个贵孙子是龙老师的二媳妇在生了三个女儿之后"奉献"的。这在苗族，是天降大喜，今晚，他们全家要忙碌一整夜。

吃完饭，洗完脚，赶紧到希望小学的教室里安顿下来，钻进被窝，打算在这个冰冷的冬夜做个温暖的梦。

2016.01.21

模特已在火塘边打了好久的盹儿，我有些过意不去，停笔，收拾东西准备回住处。这冷天，只想烤火。白天画不了什么，晚上把门关上，稍暖和些，能画得久一点。今天特别冷，晚上画完时已是十二点，画得怎样，要明天白天才能看清效果。这张大画二十多天前就已经接近完成，临回家时，才觉得画得不好，画面的关系、空间都不行，带着遗憾走了。这次来他家，主要是改画，另外有几张草稿的构图要实施成大作品。

刚出门，走到村口，一阵冷风夹着雨把伞都吹翻了。村秘书求兵说："你才回去啊，我送你。"我跟着他走到村公路边的一辆皮卡前，气温低，车子起动了几次都不行，玻璃上结了冰块。他还想骑摩托车送我，我婉谢了他，这半夜天地上结了冰，村路上泥泞一片连一片，又冷又不安全。我推脱说我喜欢走山路，这样还可以锻炼身体。我头灯充的电画画时快用完了，他要把亮的手电筒借给我，我也没要。

风雨吹打着路边结冰杆的草枝，发出吱吱的响声。上山路时，我把脚放在石板间的枯草上，以防滑倒。当走到平路时，灯暗，一不小心摔了一跤，饭盆和水杯从塑料袋里溜了出来。原来是块大石板，上面结了一层厚冰。我发现旁边是个山崖，暗自庆幸幸好没滑下去，心里后悔没把求兵的手电筒借来。到大马路上还要过一座长约七十米的险桥，下面是山崖，桥面近一米宽，半边是水泥板铺就的路，半边是半圆槽水渠，水泥板一边安装了简易的钢筋护栏，上面结的冰更厚。我有点害怕，一手打伞，一手抓着护栏，拖着鞋往前移，脚都发热了。过了桥，长出了一口气。

明早的天更冷，明早的画应该要好点吧！

2016.01.24

中饭，在镇上馆子里遇到老家寨的那个娶自己嫂子为妻的男人。他戴着一顶旧鸭舌帽，矮个，瘦脸，高凸的颧骨上描着一双丹凤眼，下面是细高鼻子和长着小胡子的嘴巴，走起路来一身酒气。他会点算命投卦。与他相识缘起他的邻居老头是我毕生创作中最重要的一个构图形象（三年前的暑假，这位八十多岁的老父亲去世了，当时我在凉灯，与老家寨隔山相望），兄长在外打工，因车祸丧生，留下六个女儿，失去丈夫的嫂子压力大、农活多，三十多岁的他又未娶妻，就这样俩人走到一起过日子了。

之前，他给自己算了一卦，能同嫂子生个儿子，这样便能完成他哥哥与家族的愿望。果然，前年真生了个儿子。一开始，我心里还不太能接受兄长去世不久，又与嫂子过活的事情；但有一天黄昏，我从凉灯去千潭，在老家寨村后的水泥坡上，遇到寨民们挑着农具从田间回家，其中就有这对人，他俩挑着粪桶走在前面，后面跟着一条白狗，心里又开始默默地祝福他们。

2016.03.03

工作室停电，无法工作，便在后院对着乌黑的夜空煮茶，炉口吐着火苗，茶水发出轻轻的咕噜声，老婆早已在二楼入睡。我和海洋谈起了凉灯的双赢。

年入不惑的双赢在去年腊月底终于结了婚，对象也是山江人。双赢的苗歌唱得动人，待人体贴细致，还是一个微信群主，媳妇就是在群里认识的。结婚没有办喜酒，一起过的年。多病且年过八旬的母亲算是真正了结了心愿，父亲临终前曾对双赢表示过遗憾和歉意，因为双赢年轻时有对象，但家里穷，父亲决定让哥哥先结婚（哥哥二十几岁在千潭湖炸鱼，意外炸掉一只手，现在两口子在凤凰县卖藕煤），双赢原先谈的女朋友拖了几年就另嫁他人了。双赢一直照料生病的父亲，直到父亲离世。那时我经常在他家画画，还为躺在床上的那位父亲塑过像。我常感动于双赢睡在椅子上的三年，喂水喂饭，端屎倒尿，他的仁爱孝敬是那样的平凡伟大。我画过一张他喂饭时的情景，可惜没画好，但那印象却一直刻在心底。

他结婚那天我在千潭画画。如果哪天碰到双赢，定要拿着酒祝福他和他的母亲，还有一直记挂着他的已过世的父亲。

2016.03.04

龙再生，龙显生，他俩找到了婆娘；金平脑瞴，依然单身。

再生自从父母离世后，就很少回那间只有一个木窗的小土屋，春夏季节，门口生满苔藓，长满野花；秋冬，草木枯萎。我去井边打水总要路过那儿，常记起他的父亲龙凤祥欠我一次"模特"。再生去年冬天回来了，据说找了个小自己十几岁的姑娘，是身材高挑、皮肤白皙的千工坪人。岳父只大他两岁，岳父母开始怎么都不同意这个几乎没有半点"条件"的女婿，但这姑娘就如吃了迷药般地爱上了再生。村里男人是又祝贺又妒忌，说是再生放了"情蛊"，但再生的母亲不是"草鬼婆"啊！

原来再生也像双赢一样组建了微信群，这美姑娘就是在群里"钓"的。姑娘跟他在小土屋里睡了几夜，村里的光棍说他俩从进屋就没出过门。再生腊月底肯定是背着肥猪腿去给岳父母拜了早年。

过完年不久，他们便去浙江打工去了。寨子里的年轻人都会先后外出谋生，留下老人和孩子守着家里的一方天地。

龙显生是个胖子，爱喝酒，第二个老婆跑了之后，去年年底在微信群里相得一个女人。两人在群里对唱苗歌到半夜，很快就确定了关系。通常这关系会很牢靠，因为圈子不大，对自己的决定也会负责。

凉灯这地方山高路远，偏僻安静，难得有女人愿意跟这里的男人待下来过日子。幸好互联网帮了忙，认识的人越来越多，视野也越来越广，聊天都会把心打开，倾诉自己的苦愁喜乐，农忙收成，加上都是讲苗语、对苗歌，只要胆大心细，实实在在，还是能找到姑娘的。

2016.05.17

下午，在去附二医院的路上，海洋打电话来，说贤周一个星期前在凉灯的山上采药时，摔到悬崖下了。听到这个不幸的消息，我仿佛看到了他绝望的那一瞬。我想起四年前的暑期，我把他从水坑里救上来（癫痫发作），帮他清洗鼻腔和口里的污泥，直到惨白的脸慢慢变红，我还清楚地记得他清醒过来时号啕大哭的样子。

自那以后，我不再给他看电脑里的"A片"，生怕他再发癫痫，他对我也越来越客气，常感谢我救了他。他偶尔会要我介绍个姑娘给他，我也只能敷衍。他是个十分较真、也很认真的人，能背诵党的十七大文件。他曾用它来与镇上的干部理论以争取自己的权益，却没争到多少好处。村里村外的人都斜眼看他，将他视作另类。近几年，他放弃了一些"理想"，变得勤快起来，家中父母身体不好，他承担了大部分家中事务。

原本有大堆的话想说，真正提笔，却写不了多少。愿贤周在天堂有个美丽的姑娘相伴，不再孤单，不再有困扰的癫痫！谢谢你在凉灯陪我，在干旱时帮我打水，在落雨时帮我打伞。遗憾的是那本《野火集》一直忘了借给你！今年六月我会把这本书在你的坟头点燃。

2016.08.22

说起来气愤，山江苗歌台的这棵"剥皮树"终于腐朽倒塌了。

当年，苗王龙云飞的老婆和当地的小裁缝偷情被发现，苗王大怒，下令将两人捆至这棵大树上，喊来屠夫将他俩活剥人皮，并建了取名为"剥皮亭"的亭子（后来重建）。苗王的兵部驻扎在山江镇的黄毛坪村，前几年推倒重建成苗王博物馆、厕所和停车场，遗迹一点儿不留。

我一直关注剩下的剥皮树。去年冬天它就要倒了，昨天苗歌台又搞装修（已经装了 N 次），把青石板去掉，换成了罗马柱，丑得要命，那棵唯一能真正称之为文物的树，被人为损坏，躺在水泥地上，像个遭遇严重车祸的老人，支离破碎。

山江苗王的历史意义和价值远超凤凰假古城。如今，真正可看的关于苗王的东西，只有千潭村的苗王山洞，苗王曾因剿匪被逼死在那里。前几年山洞被开发，后因各种原因被关闭。

再过两天，剥皮树只怕要被当柴火烧掉了。我们要怎样对待历史文物？我们的教训还不够吗？

贤周，抱歉，说好六月份来看你，却到今天才来。昨晚翻遍抽屉，也没找到那本《野火集》，只得烧两本《读者》给你！下次带"野火"来！尽管你的坟头只竖有一块青色的石头，但这是你的家乡，是凉灯看月色最好的山顶。

去看贤周的爸妈。他爸爸去湘雅医院检查，有肾萎缩，吃了两个月的药，因不是住院，报不了合作医疗，每月花费两千多。他妈妈越来越瘦，褐黄的皮肤包着一副骨头，守在灶台前生火，准备晚饭。

贤周奶奶的身体比去年要好点了，但还是不能起床。伯伯还是老酒鬼，浑身酒气，睡在横在堂屋中间用椅子拼成的床上。听见我与他的妹妹聊天，他立刻爬起来对我说："我要喝酒。"我说："你少喝点，对身体不好。"他满嘴酒气地答道："酒都不能喝，要身体有什么用？"他妹妹接着说："我们跟他说了好多遍都没用。"

我开始担忧起来，老太太又要过几乎无人看管且孤寂的日子。儿子喜欢酒，喝晕了什么都不管，一大早，就开始放那泳装美女的碟片，声音大得全村都能听见。我就住在他家后面的希望小学里，晚上睡得晚，清早总被这性感的声音吵醒，搞得更加寂寞难耐。他把自己放任成这样，听人说是因他老婆去世得早，只生了两个女儿，没有生男孩，他便一直郁郁寡欢，与酒为伴。

2016.10.17

临冬，天黑得快，田野的暮色优美，山涧里响着几声清脆的鸟叫，草垛边有背柴人走过，我也开始从干裂的稻田里收捡画具往回走。

龙丙元的媳妇打电话要我去吃晚饭，她每到饭熟都会按时打电话叫我。晚饭是酸菜西红柿汤和半碗辣椒，这个苗家酸汤初次喝味道的确不好，它是用发酵的白菜加凉水煮熟，不够酸辣就会再加西红柿和干辣椒，这味道时常让我想起苗族自古到今的历史变迁。这几天，龙丙元家里因为他病重，在外的亲朋都回来看他，吃饭的人多，比平时热闹些。

瓦虽然是黑色的，那段套瓦里子点土坯的才是属于自己发光的灵魂。

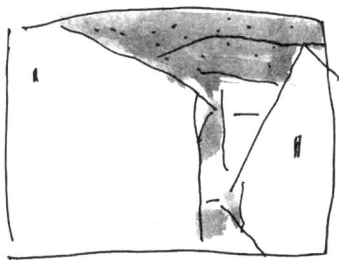

今天晚上，从四组过来的几个亲戚提一布袋鸡蛋来看龙丙元，烤了一会儿火就回去了。

我用稻谷炒了一锅野栗子给他家人吃，他们说从来没吃过这么香的栗子。

龙丙元在床上突然低声喊我："'黄大师'吃饭没有？"我赶紧走近他，抓住他的手："我吃饱了，你的身体好一些了吗？"

他喘着气回应我："我现在还不得死！"

泡完脚就出门，几大块灰亮的云和圆月横在天空，山村银亮，秋风吹拂着一簇簇巴茅芦苇，草垛、树林也拉出了斜长的影子，站在村寨对面的山坡上，沐浴这寂静的夜色，忘却纠缠着的烦躁。我向山顶的原野走去，对面的山崖空旷幽蓝，山形清晰可见，这荒凉的秋夜，使我突然害怕起来，因为村口就是贤周和金平母亲的坟头，那些远处树丛的黑影就像他们在歇息，我只能远远望着他们……

走回住处，要经过几条巷道，银亮的月色把屋子分成了几个大的黑面和灰面，我的身影就穿梭在这抽象的画面中，曾经的某些时候遇上的某些人，他们全部消失在这熟悉的石路上，忙碌各自的生活去了。

整个村里，只有我的小屋亮着灯。进了屋，取下两只塑料桶，走到井边打水，又走回屋里……

2016.10.20

一个月不下雨，一下就是整天整夜，夹着秋风落叶。我冷得把棉袄都裹在身上，感觉冬天来得太早。白天工作不了多长时间，很快就到了晚饭时间，蒙蒙的秋雾缓缓侵袭过来，染去了屋檐角尖，寨子的轮廓逐渐变成漆黑，只听见瓦沿下石臼里清澈的滴答水声。

去吃饭要路过一个用青石块垒成的精致小院子，那里曾住着个早年丧妻的鳏居老头。

站在他的篱笆边我想说：

我不知道你待在老家寨女儿的家里过得是否愉快，你院子里的鲜花跟你在家时一样艳丽芬芳，我总想念你拎着几斤苞谷烧走上回家的路，满口酒气地同我说说野话，讲讲赶集时遇到的那个肥屁股女人，或是一些新奇的事情和东西。在我眼里，你不像个长者，倒是个好玩的鲜活的朋友，站在你的篱笆门前，我期望这些好看的花儿永不凋零。

三年前的冬天，天很冷，我抖抖索索地拎着画具到你家，将它们放在你的堂屋里，关掉电灯，你安静地窝在火塘边，双手呈"八"字形，脸上的皱纹和身形随着火光不断地变化，那闪烁着的火光给你温暖，又让你孤单。那是我画你的最后一张烤火的全身像，即使画了三个晚上，也没能画好，那张画现在还躺在我的画库里，仅当作记忆了。

2016.10.24

昨晚的雨水被绽放成细小的水珠，像虫子一样铺天盖地，形成浓雾。它们把整个寨子全部吞噬，几米开外也看不见东西。沿路的荒草野花挂满了露水，小路上、田野边、树丛里都是滴水声；不远处传来几声喜鹊的叫声，大雾天，鸟儿归巢也早。

这几天，伙食不好，但没有去埋怨别人家里，因为他们平时也是这样吃的，哪怕是在外打工一两年，回来了也是这样吃着简单的饭菜，喝着凉水。联合国说贫困人口生活费每日人均不能低于十二元人民币，这里的人除了自己种的粮食之外，一户人加起来也难到十二元。有朋友说，要认清形势，不要因小事发牢骚，再说你也只是个画画的。我无法下咽朋友的"鸡汤"，甚至担忧这些朋友，是什么样的教育将他们塑造得这般"顾全大局"。我没那么大的格局，这里的人也没有那么大的格局，只求吃得好点，有病能治不等死，子女能上学接受教育就行了。

老太太经常问："菜不咸吧，多添饭，要吃饱。"每回端着碗听她说这些话，还有每天三次电话喊我吃饭时，都不会去想伙食差的问题，反而满是感动。

我想去一户窝在寨子里头的人家买些鸡蛋，每天早上吃两个，以前常去那家买鸡蛋。走到那里，老头正要出门干活，我问他有鸡蛋卖没，他说把鸡关在笼子里了，它们不下蛋，放出来才下蛋，但放出来易被狗吃掉。这几个月，寨子里的狗多了五条。九年前，闹狂犬病，村里人把狗全部打死了，那一次我还吃到了狗肉。后来村主任养了一条公狗，双赢也养了一条白公狗。双赢父亲因一次吃面条噎住离世了，母亲去镇上跟大女儿过，双赢打死那条公狗吃了，然后到云南找网恋的女人去了。对这里，他从此了无牵挂。主任的那条狗长得高大威猛，全身黄毛抖擞，但它一直孤单地过日子，也不叫喊，时常跑到对面山顶，窜来窜去。去年这狗多了几个伴，狗叫声也多了起来。它们什么都能吃，什么辣子酸菜，新鲜的人屎，等等。但是，鸡却不那么幸运了，原本可以到田里寻虫啄草，现在只能待在笼子里了。

去三组的悬崖边上，一对回家创业的吴姓年轻夫妻，在崖下的小山坡上养了几百只鸡，崖上的屋子里养了一百多只竹鼠，自己搭了个小屋在旁边作为住所，养了两条狗，一黑一花。吃完中饭，去山崖边看雾，路过小屋。吴老板正在洗白菜准备中饭，门边的黑狗用铁链拴着，屋后那条花狗死在了碎石上，张着嘴露着牙，已拔了半边毛，伸着两条细瘦的腿，剩下的毛上沾满了雾水。

我记起前几天坐这吴老板的车去凤凰，他问我喜欢吃狗肉不，我说喜欢。他说狗太爱咬鸡了，昨晚又咬死几十只，都是一斤左右的鸡，很可惜，只好捡回家去毛剖肚，洗净盐腌后挂在火塘上熏干，自己也吃不完，如果我喜欢吃，到家里拿几只回去。他这么一说，我还真有些口馋。小时候，家里的鸡走瘟，像阵风，鸡成片地死，死后也是这样烟熏着吃的，全村的人都这样，不像现在深埋处理，我们那时用嘴巴处理。

回到住处，浓雾堵住每个角落巷口，那条死去的花狗的样子清晰地印在我脑海中：躺在山崖旁冰冷的碎石上，周围是黄色的野花和垂头的芦苇，张着一副像狼一样凶恶的白牙。

2016.12.17

一

在我上个月离开凉灯的第三天，龙丙元终究是死了。他在那张褐色的木床上挣扎了三年多，老伴一直悉心照料他的吃喝拉撒。在一起吃饭的一个多月里，他们那一幕幕相濡以沫的场景感动着我，如床前火塘的烟火接近熄灭又点燃，点燃又熄灭，还有什么比人生暮年的搀扶更厚重的呢？我钦羡他又祝福他。

二

23 日早晨是村长父亲出殡的日子，与我凉灯个展是同一天。早几日我就知道，龙老师说最好避开这个日子。我说："不必要，展览说的就是你们村里的事。"

寨子上空留下鞭炮爆炸后的层层蓝雾，石板巷子散落着丧布和纸钱，刚散丧宴的水泥马路边堆满了猩红的鞭纸和零碎的一次性塑料碗筷。阴天的冬风吹着这白喜事，送葬的长龙队伍沿着这条修了十一年才通行十几天的水泥路，壮汉们抬着棺材往村口走，冷风把人们的哀歌哭喊吹下了山坡。明天的日子还要继续，重换笑脸，历史的土地存储着寨子的记忆，一个生命谢幕，我的展览开幕了。

展览是村里的大事情，全村人都来帮忙待客，杀猪宰鸡，烧饭洗菜，端椅备茶，好不欢腾热闹，天色也渐渐鲜亮起来了。

龙术全一家：

什么东西都孤独得可怕

2011^年

01

这对夫妇都是智障，但有一定的劳动力。现有两个女儿和一个十岁的儿子。大女儿有智障，两个多月前，他三岁的儿子因感冒引起高烧而病死，主要是无钱治疗而错过抢救时间。家长则是求全的母亲，一位七十多岁的老太太，个子不高，眼睛大，性格显得犹豫不定。她有个女儿，也有些智障，已经嫁出去，在怀孕期间回娘家住。有一回女儿生病了，肚子暴痛，她却请巫婆来治，未治好。在女儿病情越来越严重时，她告知龙宁生老师，龙老师打112，县里来了救护车，由于进村没有公路，车只能停在山脚的小溪边，医护人员步行上山。龙老师想安排村里的壮劳力前往抢救，往山下抬。可时逢正午，男人们都在爬坡干活，人手不够。龙老师便自己一起跟着抬。到山腰，两队人马相遇。医护人员就在山腰抢救，不幸的是，大人保住了，小孩却未保住。

我在她家画了四天，付了三百五十元的模特费，她很高兴，将这事告诉了全村人。

老太太的儿子求全酷爱看"毛片"，早上起来吃完饭，就带着光碟到别人家放"毛片"，中午才回来吃饭。无论年幼的小孩怎么哭闹，他都无动于衷，吃完后又出去了。他和大多数男人一样，将嘴巴与屌放在第一位，唯一不同的是他还有智障，且穷困潦倒，国家给的农村低保与退耕还林款是他家仅有的收入。前些日子，他到山江赶场，偷走家里六十多斤米，买来一个无用的电磁炉，母亲骂了他几遍，他生了一天气。后来找到他，拉回来做我们的模特。他是快乐的，想干什么就干什么，见到人就是傻笑，走路有些跛。

求全的老婆嫁给他已是第五次嫁人，得到两千元聘礼。前四次都是因为没有生小孩而被男方退回娘家。嫁给求全一年多后，求全的父母见她还未生小孩，准备再次退婚时，龙老师说找到一个偏方，或许能治她的不孕不育。吃药一年多，居然怀上了小孩，生下来一个男丁，这让求全的父母欣喜若狂。又了过几年，求全的父亲毫无遗憾地死去。现在这个男丁十一岁，再过几年就要承担家里的重任（如果求全的妈妈在这几年因病离世，那将是这个家庭的灭顶之灾）。她这十一年来，共生下了四个孩子，看样子还会继续生育。他们不知道什么是节育，计划生育的工作人员也拿他们家毫无办法，因为家里无东西可罚。

2011.9.4

2012 ^年

02

求全又得了一个小孩，有"把"，他老婆早上生的，无法想象在那

种环境下，生命却顽强地诞生了。

白天开始画龙求成的家。

2012.7.4　星期三　　晴

在昨晚，我到他老婆到半夜，自己不忘她
即将临产。《孩子》作品。
上午，将画具托格到求成家。

03

老婆打电话给我，说想我想到哭，晨晨都会叫爸爸了！谢谢你！老婆。对不起！老婆！

天黑了，晚饭后去村口的井边洗澡。已是深夜，分不出哪个是星星，哪个是萤火虫，它们的舞动很像流星。蹲在田埂上光着身子拉野屎，周围是这样的景象，还有蛙声。向海洋要纸，他说："屁股后面都是草，条形、方形、椭圆形，有刺的没刺的都有，要哪种口味？"我说："都来点！"

在龙求全家画画，什么东西都孤独得可怕！他坐在椅子上，头靠着木柱睡觉，旁边是漆黑如棺材的蚊帐。地上的酒瓶、油壶、小木凳、塑料桶，桌上放的，墙上贴的，等等，都是孤独寂寞的，连同人一起身处黑暗的屋子里。

等下吃晚饭了，还是黄瓜和海带。真想搞只鸡来吃，但村里的鸡不多，大部分是用来下蛋的。再说，鸡鸣声在凉灯非常重要，它传达出这里的安静、自由，想到这儿，便不会对它有想法。盯上了贤周的几只小鸭，半年后就可以吃。

2012.7.7

04

已出去两天了，今儿才回凉灯，带了一包红糖和一瓶牛奶给智障母亲，很少在下雨天从老家寨走路到凉灯。

2012.7.13 星期五 雨

05

凉灯今夜下起了大雨，给干渴的稻田带来了丰收的希望，也给苗民带来了家用水。在这靠天吃饭的高地，就差这场雨。

晚上画的是智障母亲的公婆，她抱着第二个孩子做模特，一会儿她们就睡着了。就是睡觉的样子很感人！今晚这家人会睡得早点，明天这位智障母亲的大儿子良海去山江读四年级，之前都在凉灯读，这意味着良海将离开家庭生活，与同学一起去镇上读书。他开始长大成人，也开始有了自己的前程。当然他得靠自己的努力，才能够改善家里的生活。铺盖和生活用品早已整理好，放在堂屋边上，明天一大早，奶奶就要送他走，这是他们家的大事！

2012.9.1

06

今天还是按照计划开始画黑画，画的是智障母亲这一家。

颜料的厚薄很重要，特别是我的画。

在画的过程中，整体需要不停地调整。她的家，黑乎乎的，显得凄凉、没有生气。凡是彩色的东西我都去掉，黑成一团。母亲抱着的小孩，站在灶台边的小孩都隐在暗处。这家的黑同龙求成家不一样，他的家里是孤独的黑，而龙老师房后面的那家是暮年的黑，昨天画挖红薯的那家是温馨的黑。

让黑色以不同的情调展现。

晚上在老光棍家烤火，明天晚上开始画他坐在灶台边烤火。

灯光再昏暗些，人的暮年。

不要为"黑画"而画黑，这样是毫无意义的。

且在笔触上也要讲究。

2012.11.14　星期三　阴

07

早上去智障母亲家画画，看到家里来了客人，她家很少来客。我想肯定出了事情，原来她家里唯一值钱的牛丢了，婆婆气出了病，躺在床上。打电话将远在浙江打工的大女儿叫回来，邻村的智障小女儿也过来了。她们正忙着给老太换新被子。四个小孩年幼，夫妻俩都是智障，如果老太身体不适，对这个家庭将是致命的打击。

　　天冷，用被子紧裹住自己，像条狗一样蜷着，要是里面有条母狗，我定把她给吃了。

2012.11.14

冬日·孔白

08

在这块土地上，下场雨就是理想。刚刚去看了求全家的三大垄水田，干裂的口子到处都是，稻苞基本没有，今年他们家肯定是颗粒无收。不敢想他七十多岁的母亲在 5 月耕地下种时辛苦的样子，更不敢想他母亲每次路过这三垄水田时的心情。这两夫妇都是智障，还有四个年幼的孩子，这水田是他们的口粮啊！每次看到电视里领导旱时送甘霖下乡的那副模样，就很反感，但这么偏僻的地方就连伪装送甘霖的机会都没有，仅有一回，车开到老家寨公路尽头，领导们下到山腰又返回去了。

他们家唯一的希望就是四个孩子快点长大。

2013.8.4

09

这两天的白天夜晚都在智障夫妇家画画，屋里尿骚味很重，画他们家有好几年了，脏乱穷困的境况一点儿都没变。大门口左边还是一大堆牛猪粪，右边是一个小鸡舍和一个猪食青石槽，左边猪圈与人厕一块，这小门在今年加了一根新的木方。屋里还是像一般苗居的摆设那样漆黑黑的，晴天还好，一旦下雨，各种粪水到处都是，角落蚊虫聚集，那景象你无法相信是人的居住之地。我来画他们的昼夜并非怜悯猎奇，也许是一个打盹，也许是智障母亲喂饭，等等，这些场景让我觉得他们活得坚强、温暖，使我总是被打动。

2013.8.9

10

龙求全太懒，老婆却很勤快，晚上画她切猪草，昏暗的黄灯下，她劳累疲倦，来了月经满裤子都是血，她不知道垫块布或是垫纸，因为她是智障母亲，还要照顾三个年幼的子女，一天到晚忙碌不停。或许她十分珍惜嫁给同是智障的龙求全，尽管这儿穷困，但嫁了五次之后，总算有了安身之所，且生了五个孩子（前两年因发高烧死去一个，剩下四个），为龙家留有香火。求全每次回家就是找饭吃，吃饱后就又出去找A片看。前三天他正在修床，老婆跑过去跟他提建议，他伸手就去抓她奶子，我当时就在后面画画。邻居光棍笑说求全日婆娘把床板都日断了！

在这极干旱天，老母亲不喊挑水，他绝不会主动去挑，脑子里几乎都是 A 片里的事情，原先他赶场收集了很多 A 片，去年他十二岁的大儿子实在看不过去，就将他的这些财产全部烧掉了。话说回来，这偏僻的村寨没有娱乐活动，没有婆娘的喝苞谷烧，有婆娘的在被子里找乐子，他们极少避孕，这样一来，孩子就会多，如果没有生男孩，这里的女人将不遗余力地完成她们朴素的理想。去年 4 月，我跟龙老师商量，愿意出钱给求全老婆做结扎手术。龙老师说她身体有病，不能做手术。她以前是不孕不育的，用了几副苗家秘方才治愈，也正因为如此，她才没有沦落到第六次退婚。我一听这话，怕惹事，考虑我这样做也违背伦理天性，计划便取消了。

我后来一直担忧她再生孩子，那样无疑会给这位伟大勤劳的智障母亲增加更大的压力。而求全则依然像往常一样，进门找碗筷，出门找 A 片。

2013.8.13

11

画求全的家记不清有多少次了，每次画他们都有悲悯之心。画作的永恒在于大爱，在于温暖人心、感人肺腑，但我有时却无从解释我的作品所具有的永恒之美。很多时候我都是从怜爱的角度去画他们所处的潦苦的家境，在那漆黑的背景下痛苦地活着。是顽强吗？也不尽然，他们在带小孩，养着一头牛、一头猪、三只鸡，还有一亩多水田和一亩多旱地，一年到头爬坡下坡。

这一次画他们全家做早饭，并打算将这张画送去全国美展，虽未完成，但总体感觉这是张好画。

昨天发现求全的智障妻子脸上有一大块伤疤，还有他的大女儿鼻子发烂得比较厉害，我想将她母女俩送去山江医院治疗，并跟求全的叔叔说出我的意思，黄昏时求全的母亲从山江赶场回来，带了一支药，还带回一些新鞋、新衣服和零食。

我跟他母亲说如果这两天不见好转，我帮忙送她们去山江医院治疗。作为一个画画的能力尚浅，我们把大把的钱往国外送，自己生活成这样竟管不上。

2013.11.5

12

吃完晚饭，不想看电视，天黑得只剩下远处雾色朦胧的黑瓦屋轮廓，白天穿的鞋子和裤子都湿了，走到求全家烤鞋子。

求全的大女儿是个智障，我推开门就听见她在床上哭，我特别不喜欢小孩哭，哭得人心里烦。中午，我去吃中饭的时候她还将我的画弄坏了，求全的妻子赶紧去安慰她，此时我觉得哭是一种幸福。尽管是个全身邋遢发臭的母亲，但能躺在她的怀里，这个女孩应该感到幸福。我会想起小时候母亲不在身边，父亲去世自己哭的时候却没有人来安慰，母亲这个角色对于小孩来说是极其重要、无人可替的。这位智障的母亲每天都很忙，晚上先要为小儿子把脸脚洗净，再将大女儿、二女儿安顿到床上，有时候三个小孩会一起哭闹撒娇，她很有耐心且尽量不去打他们，而是只用言语训斥或是去抚摸一会儿。

画完后，袜子、鞋还未干透，又烤了约半个小时才回来。天气很冷。

2013.11.12

13

特别想请求全和他老婆去山江洗个澡，他们身上太臭了。

早上天气暖和起来，寨子里公鸡的鸣叫和林间红嘴灰喜鹊的歌唱映得秋色悦目，阳光照在土墙上，好多院子门口的竹篙上挂满了五颜六色的被子、衣物。眼前的景致让我早已忘记前两天的寒冷。

到求全家摊开画具，准备工作，他正在用臭黄皂洗脸，我从未见他洗过脸，现在满脸干净得令人惊讶；接着又开始自己刮鬓角胡须、洗头，他老婆不知从哪里给他找来一条深色裤子，母亲给他换上八个布扣子的银白大褂；头上戴了顶鸭舌假皮帽子，脚上仍是那双一年穿到头的军绿解放鞋。原来是打算去凉灯一组参加他表哥的婚礼，今天是正日子。

求全的母亲也开始洗脸，换上整齐的假牙，戴着大头土布帽子，穿着绣花马甲，上面套着蓝底子大苗衣，胸前围着镶白银刺绣桃红花纹的小兜裙，裤子是大筒子嵌翠绿边条纹蓝裤，脚上还是一年穿到头的解放鞋。母子俩将自己精心打扮一番后，把三只公鸡和两头大白猪喂饱，又跟求全的妻儿嘱咐一番，他们才出门。

漆黑的皱褶
里藏着一代又一代的
轮回
冷的 羽毛.

妇人和三个小孩留在了家里，她也闲不住，背着一满篓子脏衣服，带着两个大孩子去了井边，剩下一个一岁多的小男孩在床上睡觉和一个在角落里画画的人，屋里立刻变得极其安静。我想，他们怎么不把妇人孩子也打扮一番，然后一起去吃个喜酒？我在他们家画了几年，从未见这个智障妇人的娘家人来看过她，更未见过她去别人家。是因为她嫁过太多次，还是因为她浑身邋遢不堪？她的幸福仅仅源自这几个孩子的哭闹和调皮，反过来说孩子的哭闹却又能唤起她的安抚情愫，她和孩子都是幸福和伟大的。据说她的娘家远在腊尔山，父母已去世，有一个哥哥和四个姐姐。

屋内的小孩睡醒了，在黑色蚊帐里号啕大哭，约哭了十分钟的样子，妇人背着衣服，带着孩子蹒跚地进了屋……

2013.11.14

14

求全的母亲病了，卧躺在大黑蚊帐围拢的木床上，不时发出令人担忧的咳嗽声。黑蚊帐本是为了不显脏的，木床离灶台火塘又近，但是在我眼里，它却是一幕"黑色悲剧"，昭示着这里的生命都会安静地终止于这黑色背后的床上，这是他们的归宿观吗？我在一旁安静地画画，这张作品里没有一个人，全是她家里的场景，当画到黑蚊帐时，心里总是充满怜悯，因为里面有个虚弱的生命。如果说作品的永恒在于大爱，那我的这张画则不是。门外进来的阳光停在画布上，野蜂子从泥墙孔里爬出来在我耳边嗡嗡地叫，屋里的一切都在静止地述说自己的故事，只有阳光是活跃的，它又跑到那黑蚊帐上去了。

2013.11.16

15

有人说，有了阳光后才有上帝。

这些天打算画阳光走过求全的家，直到前天才开始动笔。我一直对这些细节感兴趣，光无论照在他们家的哪个地方，都有不同的感观意趣。初冬的太阳有些像早到的春天，暖和舒适，求全昨天在门口伸手抓他老婆的奶子那一刻，我就在旁边。今天上午，老婆要他换去身上的脏衣，她好去井边捣洗，求全对她喊了几声，笑呵呵地脱去脏衣，拿着她从衣柜里取来的干净衣服换上。

今年7月，求全给他的大女儿秋珍用竹竿做了个捕蜻蜓的蛛网竹圈，让她跟邻家的孩子一样在阳光下追逐天空中飞舞的蜻蜓。那天画完工之后，我便看到她带着妹妹秋艳拿着长竹竿在村口葱绿的草坪上玩耍。她们很少出门，怕其他小孩欺负。当阳光照着她们的笑脸，我想到的是求全专注地做捕蜻蜓竹圈时的情形，还有智障母亲无论怎样的辛劳，都毫无怨言地呵护她们时的模样。

对于这对智障夫妇来说，我觉得他们的爱更平实、厚重。

进门黄澄澄的阳光染照着这些发黑的家什杂具，这些被生命赋予痕迹的场景刻画着他们生活的点滴，载着悲喜，一起糅进他们的生命里，放在当下社会极不起眼的角落里和历史中，如同阳光下闪烁的尘埃，终会随着落日逝去。

有了阳光便诞生生命，随后便有了爱，如果说有上帝，那么生命的爱就是上帝。

2013.12.31

16

看着龙求全在大雨中耕水田，心里会觉得自己对人的看法较为荒唐。去年 8 月份，因为遭遇极度干旱，这块田的水稻颗粒无收，求全一家缺粮，跑到求成家买了好几担陈年老谷度日。尽管家境寒贫，但求全懒惰，还是把许多的时间放在"黄片"上。听邻居说，他搞得老婆夜夜发叫，令邻里不"安宁"，夫妇俩都有智障，别人自然也不去计较。他饿了就吃，想搞就搞，到了春耕种田时就去忙活，自由自在是他的本性。他信任这块土地，也信任上天在收获时会有甘霖，即使上天不给雨，也觉得是命。他们有自己的过活，对人对事有自己的态度。

而我曾想过资助他老婆去做结扎手术，以解决孩子过多造成的困难，有时给些小钱帮助他们，我确信这是满足了自己的虚荣心，也确信自己打扰了他们的平静和高贵，并没有半点值得炫耀，甚至认为自己有众多的不当。小到个人，大到国家，我们应怎样去帮助别人，与人为善？

直到今天看到他瘸着腿在那块曾经干涸的水田里冒雨耕播时对我发

笑，那个奇怪的笑脸如同灼目的阳光刺痛我内心最阴暗的一面。

2014.5.9

17

光棍龙求成的门前有一片茂密的林子，林子前是一座矮山，山腰下是一块块月牙形的水田，田里初夏晚上的蛙声异常响亮，响亮的反面是寂寞的求成。晚饭后他几乎不出门，斜靠在木椅子上抽着旱烟，看着他听不懂的电视，电视内容几乎都是些抗日神剧和一些耳熟能详、几近麻木的音乐节目。细想，这些令人生厌的剧目对他也没有什么影响，当然这只是我的想法，至于他被里面的哭笑故事所牵动，我倒觉得这是件好事，可抵消他的寂寞。

他本可以在结婚的年龄结婚，姑娘就在离此地两座山的寨子里，但他的母亲觉得姑娘长得不好看，游说儿子不要娶她，后来遇到几个都是你愿她不愿、她愿你不愿的情境，直到母亲去世，他还是单身。那时已三十好几了，在村里这年龄连别人都替他心慌，好不容易在他快四十岁时，村里一个媒人给他介绍个三十几岁的寡妇，虽长得不好，但有生育能力（在苗族，有后是男人最大的事，因此有生育能力的寡妇相当"抢手"），求成的姐姐又因几个理由不同意，建议弟弟不要娶这寡妇。现在他快五十了，婆媳妇已遥不可及。他的母亲和姐姐就像沈从文笔下的地保，他像阿金，地保反复劝阿金考虑一天后再作打算下聘礼婆媳妇，可阿金却将聘礼输光了；求成同样输掉了时光，错过了"机遇"。这个世界有太多的地保和阿金，也许其中就有你我。

他春天耕播，秋天收获，冬天砍柴，过着能吃饱穿暖的平常日子。他不出去打工挣钱，独守着父母留下的地和土屋。口袋常有包待人的雄狮牌香烟和十几块钱，生活节约。不赌不嫖不喝酒，赶场时带几块白豆腐。遇到能帮忙的帮上点，若是你语气不好，他便讨厌和拒绝你，他有他的处事法则。

去年和前年，他有一只母猫和一只老公鸡，对它们很好。例如，给母猫制作一只带有虫子的塑料瓶供它玩耍，给老公鸡做一个精致的小木屋，但这两个动物的个性被他宠得极为奇怪。母猫见到生人会立刻闪躲到床上或是饭柜子里，那眼神如同主人一样孤独木讷，它巨大深邃的黄瞳孔里仿佛记录着它和主人及这间土房里四季平淡的岁月。听邻居说这猫几乎不出门，门前枝头上的麻雀常对它傻叫，它只是伸着细得可怜的脖子愤怒地望着这些调皮的麻雀。那只老公鸡长得倒十分肥壮，每天过得开心充实，白天有时在土房右边的菜园里玩耍，有时在菜园门边的李子树下找虫子。生人来了，它便飞跑过来扑啄你，你若不罢休，它便与你较上劲，我前年夏天小腿就被它啄伤过；主人一出现，它便十分温驯，对着林子高吼几嗓子，便又跑到墙根边玩去了。

今年初夏，这两只可爱的动物已经不在了，我很想问问求成，它们是怎么死的，可求成听不懂也说不好普通话。这样也好，每次走进求成的家门，它们的可爱就更难以忘却。我为这两个生命感到惋惜，他们为求成沉寂的生活带来了些许热闹，比起我眼中的电视节目，它们的生命的意义更值得庆幸。

2014.5.13 上午写于求成家门口

18

求全家的钟。

求全家的堂屋正壁上斜挂着三块他结婚时亲戚送的横匾，匾上镶着三只圆形钟表，上面用红油漆写着他结婚的时间：1999 年 10 月 12 日。若不是走近细看，是看不清的。时间已过十五年，匾上的玻璃布满了黑灰尘，后面金色的"万事如意"四个字已暗淡无光，如同废旧的庙里缠满蜘蛛网的木菩萨，仅当作无力的祈祷罢了。只有下面的一只圆钟的玻璃上被擦出个铮亮的圆形，圆钟清晰可见。时间久了，它已停摆，斜躺在灰暗的"万事如意"四个字的中间，像达利画的《忧伤的钟》，只是在这户贫困的智障残疾人家里，它更能传达出悲痛的心境。它本来是正的，求全为了看时间，隔几天就要擦亮玻璃，十多年来正圆擦成了斜圆。当然这只钟给他带来了昼夜，也给他脸上增添了皱纹。它周围的东西也有增减，但都统一在黑色的调子里。

我想起隋建国的油漆棒作品，他每天将油漆棒伸进油漆桶里再提起来，直到死。还有其他很多艺术家做的关于时间的作品，我独认为求全的这块钟匾是最好的作品。第一，求全去擦亮玻璃看时间的时候，是实用、自然的；第二，他将正圆擦成了斜圆，这一时间轨迹的行为是相当真诚的；第三，他与钟的互动，直到钟"死"了，他都没认为这是个作品，且他没有念过书；第四，这只钟历经了他们家极其平实的悲欢。只有"时间"作品在悄无声息地向未知的前方发展时，作品才充满无数种可能性。

艺术跟生活似狗连裆，你不能去打扰它们，一方痛苦，对方也痛苦；一方快乐，对方也快乐。

2014.5.24

19

上午再看昨晚的画，覆盖掉一个人，就留这智障母亲抱小孩，将些小摆设也去掉，画面更集中了，昨晚增加的人物，一个、两个都失败了，打乱了预设的想法，构图是好了很多，但前面的色彩却画糟了，空荡安静的色彩氛围没出来，今晚将重点加强！

今晚倒霉，大儿子向母亲要钱，母亲没给，俩人吵架，结果我画面上被泼上了很多白灰，难怪求全的母亲一见我进门就急慌慌向我解释什么，我又听不太懂。幸亏母子俩手下留情，没全部泼上！调整调整再调整，这画注定坎坷！

在稠密的白雾中，寨子上空的鸟儿都归巢了，黄昏的蛙声又开始忙碌起来，连续的雨天落得心里惆怅不安，被子里充斥着酸霉味，夹杂着油画颜料的气味，令人头昏脑胀。

2014.5.25

20

天气开始热起来，求全家的小鸡们几乎都在脱毛，有几只脱得厉害，十分难看。它们在落雨时就到屋里玩耍、找食，出太阳就在门外的牛粪堆里刨草芽儿。那堆牛粪放在门口已经有三年多了，每逢落雨和天热的时候，院子里便蚊虫漫天、邋遢难闻。

最近半个月的晚上仍在修改去年画的秋天室内夜景，每晚修改完后就摆放在求全隔壁他叔叔家里，因为放在求全家"不安全"，秋艳两姐妹总要拿着我的油画笔往画上涂抹，他家又狭小，放在他叔叔家里最妥当。由于每晚都画到十一点多，这对老夫妇早已睡熟，只好留门给我，每次我都小心翼翼地推门放画，然后悄悄地扣紧门再离开。有时想，若是这些画和我的这些经历若干年后摆在美术馆里，想必是很有意思的事。他们勤劳节约，门口的青石坪上放满了干柴，屋外收拾得干净整洁，每次看画面效果便将画搬过来，此院落便成了我的展厅，与求全的院子构成了鲜明对比。求全家的贫困脏乱与他的懒惰是有关系的，尽管他是残障人，但他能够种田砍柴。有时帮他的时候会因夹杂着过多的怜悯而担忧他失去过多的尊严，这是令我不安的。

2014.5.29

良伟帮我住五天院！再回家！
　　祈祷他们一家人身体健康！

正在为这手机做肩托，画插图。听到屋外有笑哭声。求金和小儿子
摔倒在希望小学一张磨亮的乒乓球桌的一角上。眉心里流着血，我起身
查看，上嘴唇严重开裂，需要缝针。我止完血后，我开车去，带着他俩小孩

到他们乡，送往小江医院，却等了很久图完手术期间，深夜无眠。于伯山……
立刻缝针，小孩哭喊疼的嚎啕，大哭。　　　走这么一趟车程，我给经朋友，送他们

会诊缝针后，我再接他们到那份一人唯一在当家人从妻子到医院。小孩已完成手术
走这给他买了些零食和玩具，正在喂八宝粥，也给海华买了卫生巾，缝缝完医生，
我带到海华和他的可乐回到撤粪子身上。再与朋友们吃晚饭，写酒。

21

晚上去改画，求全家的电线有问题，我需要的那个灯泡不亮，只好把临近厕所的灯泡连线带灯转移到堂屋来。我和求全费尽周折，待安装好之后，好几次开关，灯都不亮，心想今晚画不成了。求全母亲反复责备他擅自将灯头换掉，害得我今晚不能工作（他今天去赶场买了新灯座回来）。我折腾了几下，竟然亮了。求全高兴地对我傻笑，他老婆立刻坐在位置上开始做模特。我从他叔叔家搬出画摆在大画架上，戴起头灯也开始了工作。

2014.6.1

22

前几天被求全家的大公鸡啄的红肿块还有点疼，它一直不喜欢我，只要从门口的鸡舍里钻出来，看到我，脖子上褐红色的毛便立刻竖起来，鸡头后缩、身子下沉，趁我不理会时，就突然跳起来袭击。一次，我气急败坏，追着它用脚踢，用棍子打，它逃到鸡舍里又打了几下才解气。本以为教训一次，它会败下阵来，但前几天它趁我搬画的时候又狠狠地啄了我一下，那一刻，我感觉它特别愤怒，特别解气，还未等我将画放到架子上，它便跑得不知踪影。

从去年到现在共计一个多月的时间里，有一张画是在求全家大门口画的，偌大个画架摆在他低矮的门口的确碍事，搞得他们进出不便；大公鸡也进出不便，它常常跳到我的调色板上，爪子粘上各种颜色，弄得一片狼藉，搞得我心情糟糕，这也许是我和它的主要"恩怨"。有时看到它爪子上的猩红翠绿粘了几天还在，像个顽皮的孩童，又想发笑！

对我凶，但对求全的三个小孩却是温驯无比，秋艳、秋珍两姊妹最喜欢玩耍它，有时拖着它的尾巴推拉，有时用塑料袋蒙住它的头，有时用棍子敲打它的嘴，有时甚至拿它当马骑。我在旁边画画，生怕它啄伤这三个小主人的眼睛，便用棍子驱赶它，后来看他们和它的相处发现我的担心是多余的。有时，三姐弟为了能够跟它玩，相互间还吵架。

他们没有玩具，幸好有只可爱的大公鸡，前半个月，我的大儿子在他们家里待了一会儿，惊奇地对我说："爸爸，爸爸，大公鸡！"大公鸡对儿子却是友好的，他极少见到这么大的公鸡，尽管他有很多玩具，但与三姐弟共同寻找的快乐相比，我反而觉得三姐弟更快乐。只是在黑色简陋的屋子里，门外又落着雨，这快乐又夹杂着些许心酸。拿我和他们跟大公鸡的相处作比，显然我的眼里充满"仇恨"，而他们则是友善的。我讨厌我这种和大多数人一样的"仇恨"，且从不追究、反省自己的缺失，我们不应培育"仇恨"，而应培育"友善"。

2014.6.8

尽管有些跑题，也是随意写写。生活在他家里
更应是如此。童年的快乐，本身是与自然土地和
局出入，与周边朋友加寄出入。长大后也是这样。
昨天开了小时时车，从铜官工作室到凉灯，带
着老婆和二儿子。今天一大早，他们就和凉灯加小
朋友玩要在一起了。去石巴山，抓螃蟹，进菜园，听
鸟叫，到井边洗冷水澡，这些是儿子们最好的童年：
凉灯希望孩子。

23

他们除了玩，就是吃饭，饿了就在锅里盛一碗饭，渴了就舀一瓢水，在家里，他们的唯一乞望就是快快长大！

如同田里的稻子，垂头放肆生长，不会在乎头顶的蓝天白云，他们一样，有吃的就有笑脸，他们不知道山的那头有"国"，只知道身边是温暖的土地，温暖的家。

2014.8.5

24

上午，求全的三个孩子都在哭。下午他们洗了一把椅子，这几年来，我第一次见到。

2014.8.9

25

中午，从山江镇卫生院来了几个医生，说是给村里的小孩检查疾病。求全家有四个小孩，两个无户口，求全的母亲害怕暴露这两个无户口的孩子遭计划生育罚款（将她家的全部家当拉走也抵不过一顿吃喝），不敢带另外两个小孩去，我说没有事的，他们是卫生院来的，不是那个计生部门，她才战战兢兢地带他们一起去。好些家庭为了躲避计划生育的工作人员，四处逃藏。这里的人有两大负担：一个是结婚成本太高，光棍多；另一个是超生小孩罚款重，如果生不出男孩，还得继续生，还得继续罚，年收入严重低于罚款。

单看这个事，我们的社会管理水平还非常有限。

2014.8.20

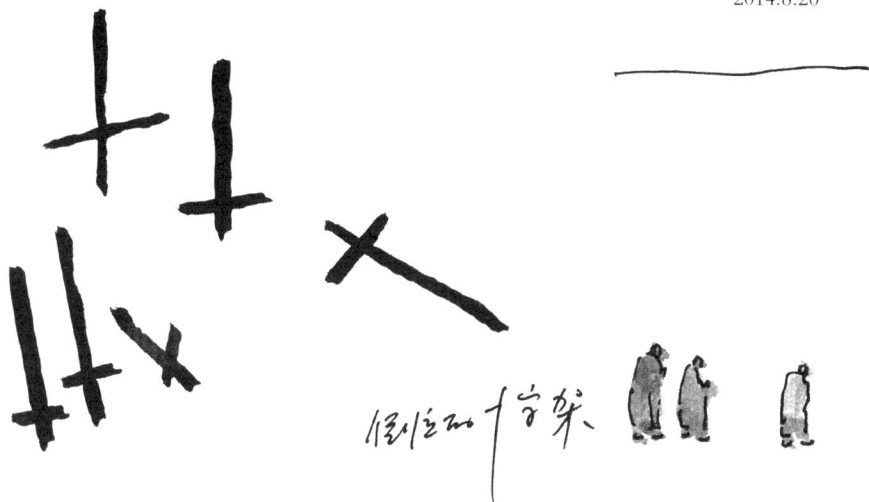

在进求全家门的时候，无论是白天夜晚，漆黑都迎面扑来，此刻，眼睛总会去寻那没有悲悯的"光"，阳光、灯光、火光，还有那缓缓的炊烟，它们无不表现了时间，幼儿在成长，父母在衰老，屋顶上的尘埃悄无声息地落在地上，房子裹着这些平淡的生灵，渐渐老去。

最近在拍影像，绝非去关注他们煮的什么菜，穿的什么衣，米柜里储放着什么贵重的东西，而是反映时光伴随着他们的生活过程。例如：当智障母亲在燃起炊火的时候，阳光正在木窗外爬行；当刚出锅的辣子在菜碗里冒热气时，求全挑着担牛草跨进门，阳光挤出了一个大的黑影；晌午过后，屋子里一片安静，求全在木柱子旁打盹，蜜蜂嗡嗡地从柱子孔里钻出来，智障母亲从外捣衣回来，阳光落在门槛上现出一长条鲜黄；入夜，黄灯泡亮起，劈柴声响起，炉火通红，孩子哭闹，锅铲叮砰，呛鼻的辣味和弥漫的炊烟将屋子衬得十分热闹；饭后，黄白色的碗筷横七竖八地躺在灶台锅盖上，玩累的孩子们打着哈欠，求全正点着旱烟发愣，母亲帮孩子洗完脸脚，送他们进入黑帐子里，自己忙碌着收拾杂什；完毕，母亲坐在椅子上睡会，醒后，再爬到孩子身边悄悄躺下；关灯后，整个屋子乌黑，一会儿，就发出甜蜜的鼾声。一天结束，第二天，第二季，第二年，不停重复这不喜不悲的平凡日子，这些才是值得我追寻且敬畏东西。

2014.8.27

27

晌午，求全的妹妹坐在大门边给她最小的儿子喂奶，婴儿含着褐色的奶头不再吵闹，慢慢地睡着了。她也低着头打盹，搂抱孩子的轮廓像雕塑一般肃穆。在这偏远的村落，远离喧嚣，独自面对这有智障的母亲和她的儿子，我该怎样诉说我的心境呢？那母爱暖暖地渗进心田，我贪婪地望着她，温黄的阳光从她脚边缓缓走到了身后，照在背篓上、扫帚边、木梯旁……秋天的野峰正追着光，发出嗡嗡嗡的叫声。

2014.10.9

28

晚饭时，求全的母亲来到龙老师家，心里着急，用苗语跟龙老师讲了好久才走。我问："龙老师，发生什么事情？"

"她的小孙子病得严重，问我来买药，或是托我去山江买药。"

"难怪我下午去她家拍照时，那小男孩气色不好！"

"他病了五天，她去找赤脚医生、巫师，或是烧纸钱，什么方法都用上了，不见好转。我劝她去医院看看，她怕麻烦，又不会普通话，请人又怕耽误别人砍柴。"

我心里慌乱，想起前几年她最小的孙子因发高烧夭折了，生怕这不幸重演，赶紧拿着电筒跑到求全家。智障母亲抱着生病的孩子正在烤火，孩子闭着眼偎在她怀里，她一脸的忧伤。两年半前，她生他的前一个晚上，我画她到半夜，第二天一大早，他降生了。我摸着小孩的额头，没有发烧，但面色苍白无力。我打电话给龙老师，要他安排人，今晚一定要去县人民医院，我会尽全力帮助，我担忧他！

龙老师叫了车，约两个小时后才能到，吩咐刚去世的那个男人的大儿子陪伴求全的母亲和病重的小孩一起去医院。

车到了，晚上九点半！

求全的母亲将合作医疗卡给我看，说是可以报销七成，但这生病的孩子没有户口，不能报销。

匆忙收拾东西，将小孩用毯子包好放在背篓里，智障母亲站在门口望着她的孩子，求全的母亲点上一炷香，沿路握在手心。弯月照着冬日的寨子，寒冷寂静，西边山坡上有一颗温暖晶黄的星斗，那是"家仙"（家族过世长者的灵魂）的他，照着他的大儿子护送求全的小儿子走过危险的山路，平安到达医院，再平安地回来。

2014.12.28

29

　　求全的母亲和良伟在凤凰人民医院，可能还要几天才会回。勤劳的智障母亲匆匆做完饭后，开始洗红薯、削皮，之后，放在锅里煮；秋艳能够帮妈妈干点活了，秋珍在等锅里正煮着的红薯，不时打着哈欠；求全这两天有些感冒，呆呆地坐在火塘边，喝了一杯他自制的药汤，缓慢地爬到床上去了，黑色的蚊帐里传出他不停地咳嗽声。红薯在锅里煮得咕咕地响，烟雾弥漫着狭小昏暗的土屋，灶里的火映得妇人满脸通红，火星儿在烟雾和黑暗中窜动。

　　外面是冬夜银亮的月色，我在一旁画画，享受着这平凡安静的夜。他们已很熟悉我了，春夏秋冬，我们各忙各的，但彼此会相互惦念。

2014.12.3

30

求全家那只调皮的猪已变成了火塘上的过年腊肉。

我却十分怀念它，一身的白毛、宽大有力的嘴巴、细小的眼睛，它被圈养在牛棚边、厕所后面，就在求全家大门左边的一间土房里。喂养它是家里十分重要的事，不管是炎热的夏天，还是寒冷的冬天，它的食物都准备得充足。记得夏日，智障母亲深夜还在剁猪草，她累得连连打瞌睡，醒来时再接着剁。

每天早上第一件事就是煮食喂它，一天喂四五次，每次主人提着那只黑色的塑料桶准备出门，它便用嘴使劲地顶那张小木门，发出呼哧呼哧的声音；只要一开那扇小木门，它就会欢快地摆着头，摇着小尾巴，晃悠着那圆滚滚的身子出来，慢慢地走向屋坪角落的石槽边，里面有热腾腾的食物。它知道这食物只属于它，旁边鸡舍里的六只红黄色的大公鸡不会吃，它们只吃苞米谷粒，邻居那只大白狗上次偷吃了它的食，被求全用扁担打得嗷嗷地狼狈逃走，再也不敢来了。有阳光时，它慢吞吞地吃一会儿，蹲到一边晒太阳，求全的孩子们有时逗它玩，它也乐意。

但它对我的画和调色板态度就不一样了，好几次，我把画放在外面，只要它在，它一定会用嘴舌碰碰画面，有时趁我不注意，还偷吃我鲜艳的颜色，一旦被发现，它就迅速躲到自己窝里去了。

它被宰杀的时候，天气阴寒，枯树如墨，远山青灰，求全的家人凝重地围在它身边，只有秋艳、秋珍两姊妹在嬉闹着，麻雀落在石槽边上捡食着它昨日的剩米菜，叽叽喳喳。它绝望地喊叫着并喘着粗热气，声音传到寨子的每个角落，甚至叫醒了正冬眠的虫蚱。春天来了，它细眼斜望着天空，头上有三四只粗糙的大手按着它的嘴耳。突然，一道冰冷的寒光插入它的脖子，伴随着凶猛的嘶吼，奔腾的热血怒射下来。屠夫连忙移动大木盆接着，细小的麻雀们吓得扑打着翅膀，一时间便不见踪影。

它在求全家度过了近一年的光阴，最终用自己的尸首换得求全家该得到的收获。撇开生命，收获与它是平等的，如果真要面对，那是悲哀的。

生命是用来思索的，会将平凡的事情看得深厚，那是作为旁观者的我；生命是用来过日子的，会将生活中的琐碎看得实在，那是求全一家。

远在凉灯的一个角落如此，世界也是一样。

2015.2.16

31

月亮和星星走了，手电筒的光刺破黑夜，带我走向那昏黄的家。

求全一家刚刚吃完晚饭，这栽苗整田的农忙天，到九点多吃饭是常事。他的母亲去隔壁看电视了，求全和他老婆，还有三个孩子在家。求全的那块弯形水田就在村口，离水源远，完全是靠天吃饭，前年干旱绝收，去年暴雨减产，今年，还未知。春末的夜色来得不快不慢，蛙声一阵应和着一阵，像寺庙里的祈福声。

2015.5.18

世间所有，都有节奏，只需你用心去听，去感受。
如果有人问我与其他它美术家的区别：那就是我在这里吃的是最新
鲜的谷物和蔬菜。

32

求全的老婆左眼肿了，小儿子的额头摔了个大包，肉都裂开了，幸好结了痂。我递给他们一包饼干，刚才还是惊奇的眼神，现在立刻欢笑起来，亮着温润的光。

晚上再去他家，求全不在，他老婆在火塘边的小铁灶前生火烧水，又黄又瘦的秋珍坐在木门边望着外面的星空，她总是这样发愣。屋里的灯光跨过木槛，到了房外的石阶下，形成一个斜的"口"字。老太太睡在床上，看见我，她起床，两只发黑的赤脚摸索着床下的一双解放鞋，拖着鞋，赶忙搬椅子给我坐。我问她秋珍的母亲和弟弟怎么摔伤了，她说去井口打水时，摔到田埂边的深沟里了，弟弟的伤已由村长开了些药敷上。在这四十九平方的空间里，我最期盼的是小孩子们健康成长，求全和他的老婆、母亲都平安无事。每次来凉灯，我定会在白天和黑夜去探望他们和他们的家，凝视着阳光和灯光的变化，也正是这些白天黑夜的光芒见证了我作品的温暖和成长，也感谢他们的劳作给我带来了最质朴的坚定和满足。

2016.9.3

33

一

我提前到了求全的家，他的母亲正在给孙女秋艳、秋珍准备棉被和衣裳，他的智障妻子蹲在猪肝色的塑料盆边给秋珍洗头，那舒缓温暖的样子，像是在嘱咐她什么事。她们都知道，这一别会好几个月，母亲很可能只有这一次去送她们上学，这也是智障母亲第一次去凤凰县城，秋珍是第二次去凤凰（前一次是前年高烧，半夜从凉灯到县城人民医院）。秋艳的头发刚洗过，穿着整洁，跟弟弟良伟在门槛边耍。显然，她们一家非常重视这件大事情。

二

在村口遇到求全，他扛着一捆干柴在新修的水泥路边歇会儿，我叫他等着他的母亲、老婆和孩子们一起合个影，做个纪念。她们终于走过来，站在一起，由司机珍亭拍照，行李只有被子和户口簿。上车后不久，秋珍坐在摇摇晃晃的车里哭，她受不了车上颠簸和山路陡峭。她和妹妹秋艳、弟弟良伟第一次赶场，今天是农历九月初八，山江热闹的赶场天，明天就是重阳。三个小孩和母亲第一次出"远门"，街上的一切都是新鲜的，令人惊奇的。

三

山江学区的龙校长要我们等他上完一节课后，再来讨论这件事。我们在他的办公室打了会盹，良伟见到新东西就摸，其他人胆怯地低着头坐在一个角落。一个小时后，校长进来与孩子们的奶奶沟通，我也在一旁讲自己的看法。得出的结论：秋珍、秋艳都去凤凰"特校"，秋艳待在那里调整自己的语言沟通和自理能力，情况好转再斟酌放到山江完小念书。校长给了我特校校长的电话，说过完苗族人重要的重阳节后，再由我带着她们去特校完成交接。

四

节前集市收工得晚，这些难得出来的人，抓紧时间看着集市上五彩缤纷、稀奇古怪的商品和来来往往的车辆，还有拥挤的人潮。世界不记得她们，她们也看不到世界，她们只记得自己的家和回家的那条石板路，那里存放着她们自己的话语和欢乐。我们找到一家饭馆，点了一个鸭子火锅，还有牛肉炒野山椒、猪肉芹菜、青菜等，算是提前过重阳了！

五

我们包的车到凉灯时，天完全黑了，前几天的月牙儿变成小半圆，周围有亮丽的星云。智障母亲带着三个孩子先走，奶奶仍背着被子走在后面，车灯照着她们的背，我见到了辛酸和苦楚带来的微弱力量。我扛着自己的行李和一箱矿泉水走向希望小学，最近一段时间在这里落脚，开始写写画画。

2016.10.8

34

秋艳、秋珍在"特校"住了一个多星期，也回到了凉灯，她们的奶奶无法安心陪在学校，家里的猪、牛、鸡，还有农活令奶奶惦记。23日早上到他家里布展挂画，两姊妹如平常一样待在火塘边，每人手上拿着一副碗筷，冲着我发愣，眼里含着失落。我想两姊妹在特校的日子应该是快乐的，有新的朋友和老师，还有各种课程。我害怕她们长大后会同她的母亲一样，过早地嫁给残障人生子度日，含辛茹苦地去围绕柴米油盐，在狭小的屋里苟延半生。我看着秋珍从灶沿边的一只碗里舀了半勺红辣子，又坐到火塘边。我站在灶肚前挂了一张风景画，等不了多久，就会有朋友们来看展。奶奶从木米柜里舀出一碗米送给我，说："是好吃的新米，真的很对不住你。"我明白她说的是两个孙女读书的事。的确，这几年我得到了她家里人的信任，为了秋艳、秋珍的事我求了好些人，刚有起色，我甚至沉浸在姐妹俩寒假回乡、穿着干净的衣裳、智障母亲在村口接女儿的景象中，可这位奶奶却又选择不读了。我知道她的心里有放不下整个家里的极度自卑，她只想着有这些田地勤劳耕作，便可以度日和繁衍子嗣，一切就知足了。她相信所有的悲喜都是命，她认命。我望着她那只粗糙的手握住一木勺新米，谢绝了她，看来今年是丰收了。

她失望地转过身，忙别的事去了。我拎着一张小油画，准备挂在她的堂壁前，上面画的是她家在村口的一垄水田。

2016.12.17

凉灯　凤凰城西侧一个古老的苗族村落，全村五个自然寨，五个村民组。是我羁旅十多年的苗族古村，也是我心中的第二故乡。

凉灯二组　凉灯村的五个村民小组之一，龙姓为本村大姓。2016 年 11 月通的水泥路，之前从山江镇到二组要走两三个小时的山路。书中重要人物所在村组，也是我写写画画常待的所在。

凉灯一组　到二组的必经之地，面向老家寨。整个寨子坐落在一个山头上，下面是水田，后面是连绵群山，左面是去二组的弯弯山路，右面是陡峭的悬崖大峡谷，环境十分令人惬意。

老家寨　是一个以吴姓为主聚族而居的苗族古村落，与凉灯村一组隔山相望，我作画的常去之地。

千潭村　离山江镇两三公里，2010 年 10 月我带着老婆驻扎在这个村的希望小学（已经没有学生），收拾出两间房，一间吃住，一间作画室，开辟出三块荒地种菜。早起看书，白天画画，晚上串门喝酒。

山江镇　自 2003 年碰到它，满街泥泞，没有一座高楼，土墙黑瓦。每逢农历三、八的日子，苗族乡亲赶场，人流如织，每一张脸，都是朴素的故事、感人的作品。一年接一年，这些热闹的场面逐步被水泥楼房挤压，甚至最有历史价值的苗歌台上的"剥皮树"也于 2016 年冬天倒塌。山江镇终于变成了一座"镇"。

腊尔山　靠近贵州，地势艰险，冬天落雪时，车辆进不去，每逢赶场，人多拥挤，两省的人都会去。那里有"天下第一大石桥"，几乎每年桥上都会出交通事故，桥下有一条蜿蜒的乌巢河，河边有石磨水车和村庄。

千工坪　从凤凰到山江镇要路过这个乡，这条路断断续续修了十年，车票由原来的一块涨到五块，赶"边边场"的地方也种上了庄稼。要体会当时乡镇的感觉，就只有到乡卫生院后面的岩板井村了。

附录二　主要人物索引

龙求全　哑巴、瘸腿，找到智障妻子，生了个儿子，取名龙良海，续了香火，全家欢喜。虽不会说话，人却聪明大方，爱笑，见人就递根雄狮牌香烟，喜欢逗自己的小孩玩，脾气好，总能乐观地面对自己的生活。前几年爱看"毛片"，干农活要母亲催促。这几年勤快了，到了冬天，在山上烧炭，逢赶场天挑到山江去卖，偶尔也会卖给邻居。

智障母亲　龙求全妻子，智障，曾嫁过四次人，均因无法生育遭到退婚，第五次嫁于求全，后因龙老师的苗家秘方而得以治愈不育之症，终能安稳度日。目前，已生下三儿两女（一儿早夭），在她的辛苦劳作下，日子过得不紧不慢，婆婆也逐渐对她好起来。

秋艳　求全的第二个女儿，排行老三，个性调皮，也略有智障，爱向母亲撒娇。2012 年，我曾安排她们去凤凰特校，意为摆脱早嫁度日的生活常规，后来因家中无人照料，被迫同奶奶一起返回凉灯。

秋珍　求全的第一个女儿，排行老二，智障，能帮母亲做简单的家务。2012 年，我曾安排她们去凤凰特校，后来因家中诸事，被迫返回凉灯。

良伟　求全的第五个孩子，第二个儿子。2013 年暑假的某个凌晨出生，前夜我还在画他的母亲。

龙宁生（龙老师）　凉灯村寨里唯一的师范生，是我羁居凉灯的老友，曾一个人打理着村里唯一的一所希望小学。寨子里但凡通信、登记、打报告等诸类事务，也皆要拜请他。2016 年 1 月龙老师家得了一个孙子，全家欢喜。然这位德高望重的凉灯老人，于 2017 年 6 月 10 日早上因病离世。

龙双赢　四十来岁，是村里的孝子，曾不辞辛苦照料病重卧床的父亲，2013 年年底父亲去世。次年，双赢网恋云南籍女友，几经交流，安顿好母亲，杀了狗，孑然一身地投奔那云南女子去了。

贤周　凉灯村的后生，爱较真，患有癫痫。2012 年夏天的某个午后，贤周因癫痫发作倒在了自家水田的蓄水坑里，幸好我及时赶到，帮他清理口鼻污泥，捡回一条命。然而很不幸，2016 年 5 月他到凉灯的山上采药时却不幸坠亡。

龙求成　年近五十，未娶妻，人勤快且力气大。他有一个安静明亮的院子和一只老母猫，屋里漆黑。我常在他的院子里写作看书，在他的屋里戴着头灯作画，画过他家四季的白天黑夜。

龙海洋　第一次去凉灯就遇上他，当时他还在读小学，十分懂事，带我去各个村里画画。现在长大，竟然被我引入艺术这个行当。

彭锦珑（小彭）　我老婆，2010 年 10 月与我共住千潭村希望小学，照顾我。我们偶尔吵架，但一直相爱。她善良，对人好。

苗歌王　疯妇人的老公，人矮秃头，脸上镶着一个巨大的酒糟鼻。人虽懒惰，但个性热情大方。他不种菜、插秧，整天待在弟弟家，临近吃饭，要么回去简单吃点，要么就在弟弟家蹭饭。

疯妇人　据说因感情问题而导致精神失常，之前是千潭小学的代课老师。整日背着自己的背篓，背篓上挂着一只鞋，常站在自家的屋坪前对人傻笑。

龙凤祥　结过三次婚，2012 年离世，死前患水肿，与老婆（患有精神病）住在一个低矮狭小的土房里。屋旁有一口水井，家里有大块的良田。小儿子龙再来夭折了，本意是"再来"一个小孩。他欠我一次模特儿。

龙再生　龙凤祥的第一个儿子，人好交友，父亲过世后，放弃外出打工，在家照顾母亲。2012 年与双赢、显生一起承包炸山修路，凉灯最初的路基就是他们仨炸出来的。母亲去世后，又出去打工，找了个小自己十六岁的女朋友，岳父只比他大两岁。

吴家奶奶　2007 年春曾在她家住了一个月，吴奶奶人好，爱开玩笑，原来是千潭村的妇女主任，曾去过北京。我大儿子出生时，她亲手绣了百岁帽和鞋子作为礼物。本来身体很好，但2013 年，她却突然去世了！

显生　肚子大，好酒，找了老婆，生了俩娃后，老婆还是跟了别人。后来，独自去了浙江台州打工，留下两个娃由父亲照顾。打工时建了个微信群，终日在里面唱苗歌。

新层和页面还甚交页层.

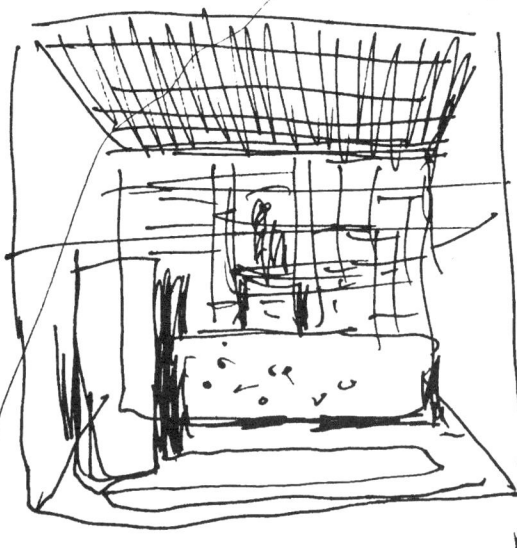

高光
和楼线.

用许多和小呸片 贴在云布上. 再来创作兰层.
兰层局部用

有些地方用黑布来拍贴
或是都用黄布黑布来拍拍.
做的可以试试暗.

7月知事拍些多些. 很wn 滤试暗.

兰层的灯
角很

星期日　　星期天．　　晴热

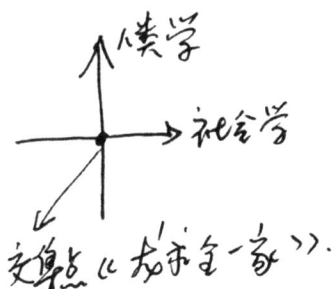

交叉点《我不是一家》．

我们都有理由不好好"活着"．他们一家
如动物般地生活．难科们都有理由对生命
不去敬畏"呢．

"现实"来阐述．笔上的作品也是对
"日记"用"日记"C文字．结写准记录这个时
代的现象．

他们两家食住行．吃喝拉撒教．

带着这些"问题"怎样将他的"家"屠现
"铺开呢？

8月24日. 星期天. 阴雨.

昨天晚上. 求全家和晚头很丰富. 买了
两条大鲤鱼. 抓了一半还蹦蹦. 去抓
它时. 秋霞. 秋珍每人手上等着个褐布
刷子嘴

今天下午回来时已天黑. 我求全家拍车两.
还是拍了光树尖的车两.

光如果不加以整理. 它是乱杂的. 用信
的步. 你将光"平面化". 它才会更有意思.

4月23日　　　　婆象皮

今天提笔写我儿子童年生活

今年24岁的他从小就如别个孩子一样正常同他很爱艺术好好。要讲儿子的去身和20多年经过也得讲12天12夜也说不完我和他亲生父亲自己27岁那年生下他儿子上面2个姐姐83年又生了一个年级的妹妹自己17岁嫁到黄家集年代里生活和各有面带来不少的困难最加上自己到黄家生活十分困难自己公婆去年实去劳动能力对我带来不少压力和说不去的难身子去自己丈夫黄锻里对我很严力刚到黄家的做什么事都不气做加上自己那年才有17岁年幼不知朝我和丈夫和怎来恋恋因系管理这个人牌汽大说我不气做事我像娘打我期次数那时自己有了三个孩子的母亲只能忍爱掉去让下去恋恋的十多年把我压得

去不进汽东又有什么办呢

代后记

黄于纲的热血与凉灯的四季

杨卫

　　在今天中国这个城市化的巨大浪潮中，黄于纲创造了一个背道而驰的奇迹。他扎根于湘西凤凰县一个极其边远的苗寨——凉灯，十年如一日地坚持在那里画画和写生，别说是在享乐主义盛行的今天，就是在过去以乡村社会为主体的背景下，也很难做到。因为黄于纲受过高等教育，是中央美术学院的毕业生，换在过去，已是"士"的身份。士为天下任，一般都会往权力中心挤，挤不进去，才有"独善其身"之说。而能像黄于纲这样自觉地疏离于物质社会的繁荣，刚出道就选择后撤的路线，实属罕见。尤其是他把异乡作为自己的精神家园，扎根于异地，与异乡苗民同食同住、同声同气，就更是难能可贵了。所以，我对黄于纲的这种选择与坚守，深为佩服，也颇为感动，这正是我几次出面为他策划和主持展览的原因。

　　那么，黄于纲为什么要选择边远偏僻的湘西凉灯，作为自己的创作之源与归宿之地呢？这里面的原因有很多，如他从小就迷恋沈从文的小说，对其笔下描绘的湘西，有着万分憧憬；他因失恋而徒走湘西，在凉灯受到其风土人情的感召，而戛然止步；等等。但抛开这些个人的情感因素，作为理性选择，这跟黄于纲的艺术立场与价值认同有着密不可分的关系。众所周知，中国的新艺术是在受外来文化冲击之下，重新建构起来的一种叙事方式。在不断将外来语言嫁接与转换的过程中，如何植入自身的血液与灵魂，是二十世纪以来几代中国艺术家为之努力寻找的方向。黄于纲续承了这个方向，他在艺术上取法于民间，问道于乡野，从贫穷落后的凉灯去发现素材，挖掘资源。一方面是遵循了中国新艺术发展的内在逻辑；另一方面也是为日益浮躁、日益空洞的当代艺术注入灵魂，捕捉感动人的因素。

事实上，关照现实，从广阔的民间社会取法，正是中国新艺术摆脱传统文人画的出世情怀，重新恢复表现活力与精神质感的重要途径。自徐悲鸿从法国引进写实主义方法，到蒋兆和深入社会底层，表现下层人物的悲惨境遇，一种现实主义的绘画原则便植根于中国新艺术的发展脉络中，构成了某种主流叙事。1949 年之后的中国艺术家，下放基层参与锻炼，展开所谓深入生活的运动，除了政治的导向，方法论上秉承的就是所谓"徐蒋体系"（郎绍君语）。黄于纲似乎也在延展这个体系，但他的可贵之处在于，不是被动地参与，而是主动地选择，尤其是在城市化进程席卷而来的今天，当主流艺术界早已放弃过去的创作原则之后，黄于纲自觉地下放乡野，扎根于农村，就有了某种反叛的意味。这正是我感兴趣的地方，即黄于纲是如何通过文化的寻根与情感的回归，走出当下千篇一律的艺术创作模式，发展自己的文化个性，拓展自己的艺术语言的。

显然，凉灯——这个湘西凤凰的边远苗寨，成了黄于纲的福地，给了他取之不尽、用之不竭的艺术灵感。这是一个很有意思的反差。本来，以现代社会的标准来衡量，凉灯代表了边远贫穷、蒙昧落后。然而，在艺术家黄于纲的眼里，凉灯却又是另外一番景象，透着淳朴、真挚的气息，充满了人情味。这种反差形成了艺术的张力。我们很难说清楚到底是凉灯成就了黄于纲，还是黄于纲发现了凉灯，但有一点可以肯定，那就是黄于纲通过自己的艺术作品，捕捉和挖掘到的关于凉灯的真实生活，正是流行化的当代艺术所缺乏的生命内容。要说黄于纲的艺术个性，我认为就在于他没有追赶潮流，去迎合某种艺术时尚与市场趣味，而是独辟蹊径，回到社会的最底层去探求生命的意义，寻找艺术的本质。

具体到艺术语言，黄于纲也是运用了最为朴素的创作方式，即现实主义手法。这又是一个反差。因为现实主义作为过去的主流艺术模式，曾经独霸一时，深深地制约了艺术的发展。所以，新时期以来当代艺术的崛起，首先就是针对现实主义开刀，寻找个性解放与多元并进的可能性。而今，黄于纲又在当代艺术的语境下，重新拾起被淘汰的现实主义手法，去关照最为底层的社会现实，可以说，不仅是对现实主义的发展，也是对当代艺术的补充。所以，黄于纲在现实主义的创作原则下，并没有固守一种语言形态，而是利用多种艺术表现形式，如油画、水墨、素描、影像、装置以及文字等，来表现凉灯的日常生活与风土人情。归纳起来，黄于纲的这种努力，其实还是为了丰富艺术的表现力，拓展人文的视野，呈现其关照现实的无限可能性……

此书精选了黄于纲近年来创作的部分作品、笔记和评论文章，是一部艺术家的个人艺术史与思想史。如果要了解黄于纲的创作动机、创作观念以及创作轨迹等，这是一本必备书。同时，它也可以作为一份社会学的田野报告，让我们由此窥见受现代化冲击而剧烈变化中的中国，其传统乡村社会面临的尴尬、动荡与濒临消亡的现状，以及一个艺术家是如何对此做出文化反应的完整文献。

2017.3.19 于通州